Les éditions du soleil de minuit

3560, chemin du Beau-Site, Saint-Damien-de-Brandon (Québec) J0K 2E0

Du même auteur,
aux Éditions du soleil de minuit:

Collection **roman jeunesse**
Qu'est-ce qui fait courir Mamadi ?, 2013.
L'envol du pygargue, 2009.
La clé de la nuit, 2008.

Collection **album du crépuscule**
La malédiction de Carcajou, 2012.

Biographie de l'auteur

Étienne Poirier est né à Montréal et a grandi à Laval avant d'étudier la littérature au cégep de Sainte-Thérèse et à l'Université du Québec à Montréal. Après ses études, il a touché à différents métiers, notamment dans le monde du livre et du théâtre. Il a d'ailleurs participé à l'écriture de deux pièces (l'une pour marionnettes et l'autre pour adultes) en plus de produire les décors d'un opéra. Dans son écriture, il s'intéresse à ce qu'il y a d'humain en chacun de nous. Il aime explorer les états limites et les situations critiques pour mettre en lumière la force qui nait de la détresse. Il enseigne le français au secondaire dans la communauté atikamekw de Manawan depuis 2002. Il partage sa vie entre cette communauté amérindienne et la ville de Trois-Rivières, où il vit avec sa famille.

Après *La clé de la nuit* (sélectionné par Communication-Jeunesse en 2009),

L'envol du pygargue (finaliste au prix Québec/Wallonie-Bruxelles de littérature pour la jeunesse en 2011), *Qu'est-ce qui fait courir Mamadi?* (finaliste au Prix des nouvelles voix de la littérature en 2014, au Prix jeunesse des libraires du Québec en 2014 et au prix Hackmatack – le choix des jeunes en 2015), *Niska* est son quatrième roman.

Niska

Étienne Poirier

Les éditions du soleil de minuit

Les éditions du soleil de minuit remercient la

Société
de développement
des entreprises
culturelles
Québec

de l'aide accordée à leur programme de publication.

Les éditions du soleil de minuit bénéficient également du Programme de crédit d'impôt pour l'édition de livres — Gestion SODEC — du gouvernement du Québec.

Illustration de la page couverture : Jessie Chrétien
Infographie de la page couverture : Atelier LézArt graphique
Infographie des pages intérieures : LNC et cetera
Révision linguistique : Diane Bergeron
Correction des épreuves : Anne-Marie Théorêt

Dépôt légal, 2016
Bibliothèque et Archives nationales du Québec
Bibliothèque et Archives Canada

Catalogage avant publication de Bibliothèque et Archives nationales du Québec et Bibliothèque et Archives Canada

Poirier, Étienne, 1974-

Niska

Pour les jeunes de 14 ans et plus.

ISBN 978-2-924279-08-3

I. Titre.

PS8631.O369N57 2016 jC843'.6 C2016-940455-2
PS9631.O369N57 2016

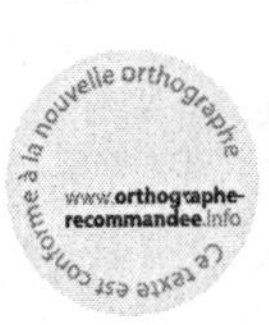

À Kimi, pour l'avenir qui s'offre à toi.

Merci à Jeannette et à Jean-Paul,
dont l'amitié, les témoignages et les
anecdotes ont nourri mon ouvrage.

À Magali et à Jessie, aussi, pour
les encouragements et le regard éclairé.

Merci à toi, Diane, pour la confiance
contagieuse et la lecture consciencieuse.
Sans toi, ce livre n'aurait pas vu le jour.

Et surtout, merci, Nathalie,
pour ton impitoyable amour.

L'enfer est pavé de bonnes intentions.

« Je ne peux pas compter sur les humains,
ils ne le sont pas tous. »
— Sylvie Laliberté

Avant-propos

Un matin de juin 2015, j'ai reçu un courriel de Diane Groulx, directrice des Éditions du soleil de minuit, me proposant d'écrire un livre sur les pensionnats autochtones du Canada et, plus particulièrement, ceux du Québec. Le sujet était d'actualité, la Commission de vérité et réconciliation venait de déposer son rapport. Comme je travaille dans une communauté autochtone depuis plus de dix ans, j'étais déjà au fait des différentes conséquences des actes posés par ces institutions sur la population amérindienne; je la côtoyais au quotidien.

J'ai commencé par refuser, en promettant tout de même d'y réfléchir quelque temps.

Il faut dire que le sujet est difficile et qu'il s'agit, selon moi, du pire crime contre l'humanité commis en territoire canadien. En effet, durant un peu moins d'un siècle, 150000 enfants ont été éloignés de leurs familles et de leur milieu de vie dans une opération d'assimilation forcée lancée par le premier ministre canadien Sir John A. Macdonald. Celui-ci affirmait, dès 1883, que les « enfants indiens devraient être retirés le plus possible de l'influence de leurs parents, et la seule manière d'y arriver est de les placer dans des écoles industrielles où ils vont acquérir les habitudes et les pratiques des Blancs[1] ». Le temps de construire les installations nécessaires à les accueillir, le programme des pensionnats amérindiens était lancé. En 1945, l'État suspendait même l'aide aux familles dont les enfants ne fréquentaient pas l'école, rendant le passage au pensionnat obligatoire.

Heureusement, ce n'est plus le cas de nos jours.

Je ne voulais pas écrire un roman historique ou politique.

Au début du 20e siècle, l'Église catholique était la seule à prendre en main les services sociaux du Québec. Les religieux étaient instituteurs et médecins, les religieuses enseignantes et infirmières. Ils étaient nombreux à

1. http://m.radio-canada.ca/nouvelles/politique/2015/06/02/005-pensionnats-autochtones-genocide-culturel-selon-commission-verite-reconciliation.shtml

se dévouer pour le bienêtre des gens qu'ils servaient. Mais l'Église était aussi autoritaire et crainte. Sous le couvert de ses institutions d'enseignement et de soins, des exactions ont été commises, et pas seulement à l'endroit des jeunes Amérindiens. Le seul pouvoir qu'avaient les victimes d'abus était celui de se taire.

C'était l'époque.

Beaucoup de livres ont été écrits sur le sujet. Je n'avais pas envie d'y ajouter le mien. Je ne voulais pas d'un livre qui lance la pierre ou qui inspire la pitié. Ces feux ont déjà bien assez brulé.

Je ne crois pas à la méchanceté généralisée des gens. Je crois qu'il y a partout des méchants et surtout des gentils, mais qu'à l'occasion, malgré toute la bonne foi du monde, il arrive qu'on fasse du tort. C'est, selon certains, ce qui pave les routes qui mènent en Enfer. Entre ne pas accuser les individus et les excuser, la ligne est fine et le risque est grand. Mais c'est sur ce fil que j'ai décidé de marcher.

J'ai fini par accepter. Et par écrire le livre.

Première partie

Les érables ont rougi. Les mélèzes ont donné à leurs aiguilles les reflets de l'or dans la lumière qui descend sur les collines. Octobre s'installe doucement. *Takwakin*[2], c'est dans la course du soleil et sur le sommet des arbres qu'on peut le lire. Pas dans le temps qu'il fait. Bien au contraire,

2. *Takwakin*, c'est le nom que les Atikamekw donnent à la saison où les feuilles des arbres changent de couleur.

les derniers jours ont donné à l'automne des airs de juillet, si bien qu'on se demande, au final, s'il neigera cette année.

Des empreintes de pas sont incrustées dans le sable blanc qui borde le lac Kempt. Deux êtres humains sont passés par là. Un petit. Un grand. L'un tout léger et sautillant, l'autre lourd. Côte à côte. Un tout petit peu plus loin, on entend leurs voix :

— Niska ?

— Oui, *nimocom*[3] ?

— Approche un peu, je voudrais t'offrir quelque chose.

L'homme a parlé une langue empruntée à la terre et au temps. Sa voix est grave et profonde, aux accents millénaires. Celle qui lui a répondu a inspiré la sienne du chant des juncos qui migrent du Nord au Sud et des rigoles qui courent le long des pierres, fraiches et cristallines.

Le vieil homme porte des vêtements sombres et usés. Un chapeau de cuir à larges bords, une chemise de flanelle à

3. Grand-papa.

carreaux, un jean défraichi et des bottes usées d'avoir parcouru des kilomètres de territoire. La petite fille qui l'accompagne, elle, agite la crinoline rose et brillante d'une robe de princesse au-dessus des bottes d'eau en caoutchouc qu'elle porte aux pieds. Dans sa main droite, un sac à main rose imprimé d'une des princesses blondes de Walt Disney et, dans la gauche, une baguette de plastique argentée. Ses cheveux sont coiffés d'un diadème en toc de la même couleur serti de fausses pierres qui luisent dans le soleil. L'homme tend quelque chose à la fillette. En y regardant de plus près, on verrait trembler ses mains. Il s'agit d'une fine courroie de cuir brut au centre de laquelle pend un médaillon de bois, un morceau de bouleau sculpté à la forme d'une bernache du Canada.

La jeune fille lève des yeux intrigués.

— Qu'est-ce que c'est ?

— C'est un cadeau pour toi, ma petite princesse.

Le regard de la fillette s'illumine. Elle remercie son grand-père dans un éclat de rire joyeux tandis que celui-ci lui noue le pendentif au cou. Sitôt le nœud exécuté, elle s'éloigne de quelques pas et prend des poses au bord du lac, comme si un photographe invisible la mitraillait de son objectif.

Soudain, elle s'arrête. Une idée venue de nulle part semble s'être immiscée dans sa tête. Elle fronce les sourcils et lève les yeux vers son grand-père.

— *Nimocom ?*

— Oui, Niska ?

— Mes sœurs, elles se nomment Madeleine, Mélina et Thérèse. Mon frère, lui, s'appelle Jonathan… Pourquoi, moi, on m'a baptisée Niska ?

— Qu'est-ce que tu veux dire ?

— Eh bien, mon nom… c'est celui d'un oiseau !

— Je vois.

— Je n'ai pas de plumes. Je ne ponds pas d'œufs. Je ne suis pas un animal.

— Tu as raison. Personne n'est un animal.

— Alors pourquoi on m'a donné ce nom ?

Le grand-père fait une pause. S'il reste songeur un moment, c'est parce qu'il cherche une manière de répondre et qu'elle n'est pas si simple, la réponse.

* * *

Mon père était un homme de peu de mots. Un homme tendre, mais discret et sans épanchements. Il montrait l'exemple sans donner de leçons. Quand il m'amenait avec lui à la chasse, je pouvais passer des heures à l'observer inspecter ses cartouches, ajuster sa carabine, choisir l'emplacement où tendre l'embuscade au gibier insouciant. Lors des portages, il s'occupait du canot et des lourdes charges, mais il s'assurait de me mettre à la tâche. Nos activités étaient dictées par le rythme des saisons. Les sucres, la chasse aux oies sauvages, la pêche au doré, la chasse à l'orignal, la cueillette des framboises, puis celle des bleuets, le retour des outardes, la trappe du castor, les collets à lièvres. L'été, nous usions nos bottes et l'hiver nos raquettes.

Il y avait bien sûr un village où nous avions une adresse, mais nous y passions peu de temps. Notre monde était de ruisseaux et d'épinettes.

Ma mère était jeune et belle, et portait un soin particulier aux détails de mon éducation. Je l'observais quand elle apprêtait les poissons que mon père ramenait ou quand elle mélangeait la farine et l'eau pour faire la banique. Tous ses gestes, elle les posait sans hâte en s'assurant que je les comprenne et que je puisse un jour les imiter. Et le soir, au bord du feu, elle me chantait des chansons et me contait des histoires tandis que mon père sculptait des animaux en bois à l'aide de son couteau croche.

Mon père était mon héros.

Ma mère était magicienne.

Pour eux, j'étais tout.

J'étais leur unique enfant, les autres grossesses de maman s'étant terminées en fausses couches ou en mortalité infantile. Pour les missionnaires qui visitaient le village et pour les membres de la famille élargie, il s'agissait d'un drame terrible. Pour mes parents, ainsi en allait la vie. Simplement.

* * *

C'était le printemps, au temps des outardes. Je ne me souviens plus du jour exact, j'ai oublié l'année. J'avais l'âge de l'enfance pour qui le temps n'a pas de valeur. Nous rentrions de la chasse – avait-elle été bonne ? Ça non plus, je ne l'ai pas retenu – et le canot filait sur l'eau claire. À bien y penser, il s'agissait d'un après-midi, le soleil brillait haut dans le ciel. Mon père a décidé de faire une pause sur une des petites iles couvertes de plaques de neige qui parsemaient le plan d'eau. Il a échoué l'embarcation sur le sable fin, ramassé du bois et allumé un feu pour faire chauffer du thé. Puis, à travers la fumée charriée par la brise, il a dit :

— J'ai quelque chose pour toi, mon garçon.

Il a fouillé dans nos paquetages et est revenu avec un objet caché au creux de ses mains closes l'une sur l'autre, comme pour protéger un trésor. Un secret d'une grande valeur.

Il s'est agenouillé près de moi.

Je sentais dans mon cœur la frénésie de l'attente. Je voyais bien que ce qu'il avait pour moi ne pouvait avoir de prix. Il a ajouté :

— Regarde bien.

Ses mains calleuses se sont ouvertes comme un écrin de velours et j'ai vu se dessiner, au fur et à mesure qu'y pénétraient les rais du soleil, les contours blanchâtres d'un oiseau de bois : une oie sauvage sculptée de sa main.

Il m'a dit :

— Les outardes partent à l'automne et reviennent chaque printemps. Depuis toujours. Pour toujours. Et elles sont toujours les mêmes. Elles se posent au même endroit. Pour les mêmes raisons. Fais-moi la promesse qu'il en sera pareil pour toi.

Je n'ai pas compris la portée de ses paroles et je ne suis pas certain que ma mémoire soit si fiable. Parfois, la vérité s'efface, on la convainc de fuir... Mais l'oiseau sculpté qu'il m'a offert ce jour-là était beau. Et ce sont les mots qui me viennent en tête lorsque je me le rappelle.

* * *

— Alors, *nimocom* ? Pourquoi, moi, j'ai le nom d'un oiseau ?

Sur la plage, la petite princesse en bottes de caoutchouc se déplace en traçant des cercles sur le sable à l'aide de sa baguette magique. Et elle rit de voir se fendre le sol sous la pression de l'objet. Des grains de sable humide s'agrippent à ses contours argentés. Ce n'est pas parce qu'elle bouge qu'elle a oublié ce qui la préoccupe. Non. C'est parce qu'elle a encore dans les jambes l'énergie de l'enfance.

* * *

Peu de temps après – quelques jours, quelques semaines, je ne me souviens plus – notre famille est rentrée au village. Nous nous y sommes installés pour l'été.

Lorsque nous avons franchi le *metapeckeka*[4] et que nous avons dépassé la pointe pour découvrir la petite chapelle,

---

4. Là où le marécage débute.

j'ai vu apparaitre l'amas de maisons avec un plaisir nouveau. Cet endroit était magique. À l'époque, notre village était tout neuf et ne présentait qu'une poignée de minuscules maisons en bois éparpillées au bord du lac. Les arbres y avaient été coupés à la fois pour fournir le bois nécessaire à la construction des bâtiments et pour permettre de cultiver la terre. Il y avait une petite école aux murs recouverts de fines planches où, l'été, les enfants apprenaient à lire et à compter, mais surtout à réciter les prières importantes pour être aimés du Petit Jésus.

En posant pied à terre, des gens se sont approchés et ont pris des nouvelles. Des femmes s'enquerraient de ma mère, les hommes interrogeaient mon père sur la possible présence d'un orignal de l'autre côté de la colline derrière le comptoir de la Compagnie de la Baie d'Hudson, sis sur la rive opposée du lac. Nous nous sommes échangé des accolades. Je ne compte plus les doigts qui se sont baladés dans mes cheveux longs ni le nombre de fois où on m'a pincé les joues.

Pour l'occasion, mon père avait apporté des poissons pêchés au filet, puis fumés, à partager avec les habitants.

Un garçon et une fille se sont avancés vers moi et m'ont invité à jouer.

— Je m'appelle Cotoro[5], a fait la fillette, et lui, c'est mon frère, Isidore.

Le prénom de la fille m'a fait sourire. J'étais surpris de l'originalité de ce nom et j'étais curieux de savoir pourquoi on la nommait comme ça.

Elle était plus jeune que moi, d'au moins un an ou deux. Son frère, quant à lui, était plus âgé de quelques années. Il était réservé et portait des cheveux courts un peu ébouriffés. Il avait le regard fuyant et cela contrastait avec les yeux brillants de sa sœur.

J'ai regardé mon père pour demander son approbation et, d'un simple geste de la tête, il me l'a accordée.

Nous nous sommes mis à courir en criant tous les trois.

L'arrivée au village me plongeait chaque fois dans une joie que j'ai encore aujourd'hui du mal à expliquer.

---

5. Chaudron, en atikamekw.

* * *

— Elle avait quel âge, Cotoro ?

— Elle devait avoir sensiblement le tien.

— Est-ce qu'elle était belle ?

— Elle était presque aussi jolie que toi, mon cœur. Pas tout à fait autant, mais presque.

— Est-ce qu'elle avait une robe de princesse, elle aussi ?

— Elle portait la robe fleurie et le béret de laine des princesses de son époque.

— Elle devait être très jolie, alors.

— En effet.

* * *

Nous avons couru partout dans le village. En riant. Sur la plage, des pêcheurs inspectaient leurs filets. Un peu plus haut, sur le sentier qui mène à la chapelle, un vieil homme, qui fendait du bois à l'aide d'une puissante hache, s'arrêta pour nous saluer au passage, puis, souriant, se retourna pour échanger un commentaire joyeux avec sa femme affairée à suspendre du linge à sécher.

— Ils courent comme de véritables lièvres, ceux-là !

— C'est vrai. Tu te souviens comme tu courais derrière moi aussi quand nous étions enfants ?

Leur éclat de rire nous avait accompagnés dans les hautes herbes et au-dessus du ruisseau, que nous avons franchi d'un bond.

Cette course criarde nous avait entrainés à l'ombre de la chapelle, où nous nous sommes arrêtés, les pieds plantés jusqu'aux chevilles dans la terre meuble du jardin qu'avait aménagé le curé derrière sa petite maison. Là, réalisant tout à coup où nous nous trouvions, nous nous sommes arrêtés net. Isidore paraissait terrorisé. Il a baragouiné quelques mots et a fait un geste de la main droite, touchant tour à tour son front, son ventre, son épaule gauche, puis la droite.

Au même moment, la porte de la petite maison de bois s'est ouverte, laissant apparaitre un grand homme vêtu d'un long vêtement noir boutonné jusqu'à son cou, d'où pendait un long collier orné d'une croix. C'était le curé Beauchemin. En sortant sur le perron, il a posé un large chapeau en cuir sur sa tête. Il nous a fait signe de nous approcher.

— Venez.

Nous avons donc contourné le jardin et nous sommes dirigés vers l'homme qui, lui aussi, marchait dans notre direction. Rapidement, nos chemins se sont rencontrés.

— Tiens, mais c'est bien mon ami Isidore !

— Bonjour, monsieur le curé.

Isidore avait parlé sans entrain, obéissant et résigné.

— Dis donc, tu as bien grandi depuis l'été dernier ! On dirait presque que tu es devenu un homme !

L'homme parlait notre langue avec un fort accent. Certains sons semblaient lui glisser dans la bouche en produisant un drôle d'effet.

— Pardon d'avoir piétiné votre jardin, a repris Isidore en baissant les yeux.

— Laisse tomber, Isidore. Ce n'est pas bien grave. Mais je vois que tu es accompagné… Comment s'appellent tes amis ?

Il nous a désignés tour à tour, sa sœur et moi.

— Elle, c'est ma sœur. Elle se nomme Marie-Alice, mais tout le monde l'appelle Cotoro. Lui, c'est Pirecic.

Cotoro et moi avons fait nos plus beaux sourires. Bienveillant, le curé s'est penché un peu sur nous et, en nous tapotant paternellement la tête, il a fait :

— Voilà de bien drôles de manies que de donner des noms d'objets et d'animaux aux enfants…

Il s'est tourné vers Cotoro.

— Marie-Alice, c'est un bien joli nom que tu as là. Directement inspiré de celui de la maman de *Kice Manito*[6] !

Puis il m'a regardé à mon tour.

— Quant à toi, mon petit, tu dois bien avoir un véritable nom ! Tu ne peux pas porter celui d'un animal, ce ne serait pas bien. Comment t'appelles-tu, vraiment ?

---

6. Dieu, en Atikamekw.

La question du prêtre m'a troublé. J'avais beau chercher dans tous les coins de ma tête, il ne me semblait jamais avoir entendu mes parents m'appeler autrement que Pirecic. Cotoro, elle, n'avait pas paru surprise que son frère la nomme Marie-Alice. Elle connaissait bien ses deux prénoms. Pour ma part, si j'en avais un autre, je l'ignorais. Si j'avais eu un *véritable* nom, il me semble que j'en aurais eu connaissance…

Et pourtant, non.

Un peu honteux, j'ai bredouillé, en baissant les yeux :

— Je m'appelle Pirecic…

* * *

La fillette a cessé de tracer des ronds dans le sable. Elle s'est assise sur la plage, les jambes écartées devant elle. Elle a ouvert la fermeture éclair de son sac de princesse et en a extirpé un cube de gomme à mâcher qu'elle s'affaire à déballer. Son grand-père raconte encore l'histoire de son enfance, une histoire longue qui semble la laisser indifférente.

Toute son attention est sur ce bout de gomme qui refuse de se défaire de son emballage de papier ciré imprimé. Les plis se défont un à un sous ses doigts un peu malhabiles.

La voilà enfin, la friandise.

Elle pose le bout de gomme sur sa langue avant de refermer les lèvres sur le bonbon souple. Le sucre se mêle à la salive, qui abonde soudainement dans la bouche de l'enfant avec la spontanéité d'une rivière en crue.

— *Nimocom ?* fait-elle en tentant de contenir le liquide sucré dans ses joues.

— Oui, mon cœur ?

— C'est toi ou mes parents… je veux dire, qui a choisi mon nom ?

— C'est un peu difficile à dire.

— Mais c'est qui, alors ?

— Ne parle pas la bouche pleine, ma chérie, on a du mal à comprendre ce que tu dis…

La fillette retire la chiquée de gomme de sa bouche et la tient, gluante de salive, entre le pouce et l'index.

— *Nimocom ?*

— Oui, Niska ?
— Alors, qui a choisi mon nom ?

* * *

— Qu'est-ce qui ne va pas, Pirecic ?

À l'heure du repas du soir, mes parents m'avaient trouvé soucieux. Je n'avais ni parlé ni mangé, me contentant de tracer des formes circulaires en déplaçant mon morceau de banique dans mon plat de haricots. Entre deux soupirs, je triturais l'oiseau sculpté dans la poche de mon pantalon. Mon père, fidèle à son habitude, mangeait penché au-dessus de son bol en me jetant de temps à autre un regard inquiet. Ma mère, pour sa part, me questionnait.

— Tu ne manges pas, mon amour ? Qu'est-ce qui se passe ? Tu t'es disputé ? Tu t'es fait mal ?

Dans le silence qui s'est installé après ce barrage de questions, j'ai demandé :

— Pourquoi, moi, je n'ai pas un nom qui plait à *Kice Manito* ?

Mon père s'est redressé sur sa chaise. Il a déposé sa cuillère. Ma mère a paru étonnée. J'ai continué :

— Pourquoi j'ai un nom d'animal ? *Kice Manito* aime les enfants, pas les animaux. Et moi, je porte le nom d'un animal.

En m'entendant parler, ma mère est demeurée interdite, stupéfaite de mon discours. Mon père, afin de se contenir, a passé la main sur son visage comme pour y chasser les signes de son agacement et a pris une grande inspiration.

— *Ka Kiciweritak*[7] aime tous les êtres, les animaux comme les humains. Il apprécie tous ceux qui ont du respect pour Lui et sa Création. Tu as un beau nom, mon fils. Un nom qui te ressemble et qui représente bien la vie qu'il y a en toi.

Ma mère a renchéri d'un ton rassurant :

— Toi aussi, tu as un autre prénom. Après ta naissance, à notre première visite au village, le curé de l'époque t'a baptisé Siméon. C'est un joli nom aussi et c'est un prénom qui plait à *Kice Manito*. Mais pour nous, tu es Pirecic, le

7. Le Créateur.

petit oiseau qui sautille et qui pépie du matin au soir. Comme lui, tu répands la joie. Comme lui, tu as de l'énergie à revendre. Comme lui, tu es petit et fragile. Tu es tout ça à la fois: Pirecic et Siméon.

Les paroles de ma mère m'ont rassuré. Sa magie a opéré, comme toujours. Je me suis remis à manger mon repas.

Tout était redevenu clair.

Et mon père a repris sa cuillère. En silence.

* * *

Je m'étais confectionné une canne à pêche avec du fil que j'avais attaché à une longue branche de merisier. Mon père m'avait enseigné comment nouer l'hameçon à l'extrémité du fil et à attraper les sangsues nécessaires à appâter les poissons. Il m'avait aussi montré à récupérer les truites une fois ferrées et à les ramener au bord. L'important était de ne surtout pas s'énerver et tirer avec douceur sur le fil.

Mais je m'éloigne du sujet. La mémoire m'entraine parfois sur des sentiers imprévus.

Ce devait être un de ces jours où j'étais rentré bredouille à la maison. Un feu brulait devant la porte de chez moi et mon père et ma mère étaient en train de discuter avec le curé Beauchemin. Ce dernier se mêlait régulièrement à la population et aimait parler avec les gens. Il rendait souvent service et aimait rigoler avec les adultes comme avec les plus jeunes d'entre nous. Aussi, la présence de l'homme vêtu de noir chez moi ne m'a pas surpris.

— Tiens ! Voilà mon jeune ami Siméon qui rentre de la pêche ! Ma foi, tu as les mains vides ! Où sont passés tes poissons ?

C'est lui qui m'avait accueilli.

Je lui ai expliqué que les poissons n'avaient pas mordu, que ces choses-là arrivaient. Il a répondu que Dieu, malgré Son infinie bonté, pouvait parfois Se montrer avare de Ses faveurs. C'est pourquoi il fallait s'assurer de toujours rester dans Ses bonnes grâces.

Ce à quoi mes parents n'ont rien trouvé à redire.

Peu de temps après cette visite, je faisais mon entrée à l'école d'été, cette petite bâtisse en planches qui trônait au centre du village.

Ursule Bordeleau en était l'institutrice. Elle régnait avec sagesse et douceur sur cette salle unique aux murs lambrissés au fond de laquelle étaient accrochés un crucifix et une illustration du Sacré-Cœur, ce Jésus blanc et barbu à la tête auréolée d'or. Deux rangées de larges pupitres étaient alignées de part et d'autre de l'allée qui ralliait la porte d'entrée. Un tableau noir et quelques bâtonnets de craie blanche derrière le bureau de l'enseignante complétaient le décor.

Nous nous rassemblions en rangs parallèles – les filles à la gauche des garçons – dès le matin. Au signal de Mlle Bordeleau, nous entrions dans la classe, où nous passions la journée à répéter des B, A, BA, et des P, O, PO en plus de réciter les prières apprises par cœur, agenouillés sur nos bancs sous le regard bienfaisant de Jésus le Christ, notre Seigneur. Nous retournions chez nous en après-midi après avoir reçu les bons mots de notre institutrice, qui ne manquait jamais de nous féliciter de nos progrès. Parfois même, monsieur le curé assistait aux séances d'un air réjoui.

À la maison, je répétais à ma mère ce que j'avais appris le jour. Elle se montrait fière de moi. Mon père m'écoutait d'une oreille amusée.

Et la saison des fleurs a passé.

Puis celle des fraises.

Un bon matin, mon père a commencé à préparer son paquetage. Il était distant et semblait préoccupé, comme s'il avait lu dans le vent les signes d'un malheur annoncé. Il a inspecté la tente, entassé chaudrons et casseroles, mis au sec les réserves de farine. Il m'a appelé et m'a dit :

— Pirecic, aide-moi à transporter tout ça au lac. Nous partons.

Mon cœur d'enfant n'avait pas su décoder le tracas de mon père. Au contraire, il s'était mis à battre fort au creux de ma poitrine. Bien sûr, j'étais triste de quitter Cotoro et Isidore, mais l'idée de repartir dans les profondeurs du *nitaskik*[8] m'enchantait au plus haut point. J'anticipais avec joie les leçons de mes parents. Chaque enseignement me rapprochait du moment où je serais un homme fort et fier. Comme mon père et comme son père avant lui. Recevrais-je ma première carabine ? Apprendrais-je à tresser des raquettes ?

Le canot chargé fendait l'eau calme du lac. Ma mère, assise à l'avant de l'embarcation, maniait l'aviron avec aisance tandis que, derrière, mon père transmettait au canot des impulsions puissantes et maitrisées. J'étais installé parmi le paquetage. Je comptais les bagages, à la recherche de ce qu'on pourrait avoir eu le malheur d'oublier. J'ai eu un instant de panique. J'ai fouillé dans la poche de mon pantalon. Ouf ! Mon oiseau de bois s'y trouvait toujours. Tout était en ordre, rien ne manquait. Au-dessus de nous, des nuages échevelés marbraient le ciel.

8. Territoire.

* * *

— Tu sais en faire, des bulles, toi ?

Non, le vieillard ne sait pas.

Mais il garde le silence à ce propos.

— Moi, j'essaie tout le temps, mais je n'y arrive pas.

Niska gonfle les joues et expire sur l'amas difforme qu'elle tient entre ses lèvres. Elle souffle si fort que la boulette vole dans l'air et aboutit dans le sable. Elle fonce en vitesse la récupérer. Elle l'observe dans la lumière jaune du soleil qui descend. Entièrement couverte de sable. Irrécupérable. Un véritable gâchis.

* * *

Selon mon souvenir, mon père n'a pas dit un mot du voyage. Il était enfermé dans ses pensées. En montant la tente. En fendant le bois. En chargeant l'embarcation.

C'était la canicule. À chaque heure qui passait, le temps s'appesantissait. Il faisait si lourd que l'humidité semblait écraser les vagues pour empêcher qu'elles s'élèvent sur la nappe d'huile que notre canot fendait. Le ciel était gris de part en part et ne laissait filtrer du soleil qu'un halo clair et diffus.

Au terme de la troisième journée, nous avons atteint une baie au fond de laquelle se trouvaient des embarcations. Des feux avaient été allumés et quelques tentes dressées près d'un chemin de terre qui longeait une longue pointe sablonneuse. Il y avait là une faune amortie par la chaleur. Peu de vieillards. Des enfants avec leurs père et mère, surtout.

J'ai reconnu Isidore près d'un feu. Il était assis sur une grosse valise en fer et chassait les mouches qui le harcelaient en tournant autour de sa tête. Il a semblé surpris de me voir là. Et je l'étais tout autant! Nous avions l'habitude de le parcourir seuls, le territoire, mes parents et moi. Bien sûr, il nous arrivait de croiser d'autres familles et de les côtoyer quelque temps, mais en général nous n'étions que nous trois, mon père, ma mère et moi. Et voilà que nous nous retrouvions à partager le camp de nombreuses personnes, dont une trentaine d'enfants et de jeunes adolescents.

Isidore se leva de son siège et vint à ma rencontre.

— Tu viens avec nous, cette année?

— Euh... je ne sais pas, où ça?

Juste comme il allait répondre, ma mère m'a saisi par le bras et m'a tiré à l'écart. Elle s'est agenouillée près de moi et m'a tendu un paquet ficelé. Des larmes hésitantes humectaient la frange noire de ses yeux.

— Ce sont des vêtements neufs que j'ai achetés au comptoir de la Baie d'Hudson. Il y a des chemises, des pantalons et un manteau chaud pour l'hiver. Je ne veux pas que tu prennes froid.

J'étais consterné par le discours de ma mère auquel je ne comprenais rien.

Puis, elle est allée chercher un long peigne argenté dans notre paquetage et a repris place, à genoux près de moi.

— Approche un peu que je te coiffe.

Sa voix était chevrotante.

Elle s'est mise à défaire les nœuds dans mes cheveux longs, puis elle les a tressés avec amour, comme seules les mères savent le faire.

J'étais sous le choc de l'incompréhension. Quelque chose d'anormal se passait là. Mais quoi ?

Soudain on a entendu au loin, parmi le crépitement des feux et le gazouillis des oiseaux, le bruit d'un moteur sourdre à travers les épinettes.

Mon père est venu me rejoindre et s'est agenouillé près de moi à son tour. Il avait au coin des yeux la même brillance trouble que ma mère. Mon cœur a chaviré. Que se passait-il ? Que venais-je faire ici ?

— Tu as toujours la bernache sculptée que je t'ai donnée au printemps ?

J'ai fait oui de la tête et j'ai fouillé dans ma poche pour la lui montrer.

Il en a sorti une identique de la poche de sa chemise.

— J'ai la même, tu vois ?

Autour, tout le monde s'activait et, de la forêt, a surgi en vrombissant un énorme autocar en fer qui crachait une fumée noire et nauséabonde. Le véhicule était couvert de poussière. Il s'est immobilisé en faisant couiner ses freins et, devant les portes qui n'ont pas tardé à s'ouvrir, les enfants et adolescents ont formé un rang, chacun avec sa valise à la main.

— Tu te rappelles la promesse que tu as faite au printemps ?

Des larmes dévalaient les pentes de mes joues. J'étais terrorisé. Je comprenais que je devrais partir avec les autres, mais pour où ? Et pour combien de temps ? Et pourquoi mes parents ne m'avaient-ils pas averti ? Un milliard de questions se bousculaient dans ma tête sans que je puisse en articuler une seule.

Mon père a continué :

— Tu as promis de te souvenir de nous et de qui nous sommes. De te rappeler qui tu es. Maintenant, pars et ne nous oublie pas. Comme l'outarde, tu reviendras au printemps et nous, comme elles, nous t'attendrons ici.

Sur ces mots, il a replacé l'oiseau de bois blanc au creux de sa poche, s'est levé et s'en est retourné près du canot attendre ma mère, me laissant seul avec elle.

— Laisse-moi te serrer contre moi, Pirecic. Où tu vas, on t'apprendra des choses que ton père et moi ne pouvons t'enseigner. Tu apprendras à lire et à compter. Tu deviendras grand, sage et fier. Tu seras un meilleur homme. Tu auras une meilleure vie que celle que nous pouvons t'offrir. Allez, va rejoindre les autres. Et souviens-toi de nous.

J'ai essuyé les larmes aux coins de mes yeux et me suis dirigé vers l'autobus, qui m'attendait, le moteur pétaradant, la gueule béante.

* * *

— *Nimocom ?*

— Oui, Niska ?

— Pourquoi ils ne t'ont pas dit où il t'emportait, l'autobus ?

Pour la première fois depuis le début du récit du vieil homme, la petite princesse aux bottes de caoutchouc parait s'intéresser à l'histoire de son grand-père. Peut-être a-t-elle remarqué le trémolo dans la voix de l'aïeul ? Peut-être, après tout, n'a-t-elle rien manqué de son discours depuis le début? Qui sait?

— Je ne sais pas. Ils ignoraient sans doute quels mots choisir, alors ils se sont contentés de répéter ceux du curé. Mon père était mon héros. Ma mère était magicienne. Pour eux, j'étais tout. Ils ne voulaient pas me faire de mal…

Deuxième partie

Au milieu des années cinquante, aucun chemin ne reliait la réserve aux autres communautés. Les transports étaient lents et se faisaient à pied ou en canot. L'hiver, on attelait parfois des chiens ou on cheminait en raquettes. Certaines familles plus fortunées avaient des moteurs hors-bords et parcouraient les lacs avec davantage de vélocité, mais ce n'était pas notre cas. De toute façon, assis à bord du bruyant autocar à regarder les paysages défiler à travers mes prunelles humides et la vitre empoussiérée, je réalisais que mon monde, jusque là paisible et rythmé par le lent passage des saisons, venait de prendre un nouveau tournant. Quel âge avais-je ? Peu importe l'exactitude de mes calculs, j'étais trop jeune pour qu'on m'arrache à ma famille.

J'ignorais comment interpréter mon départ. J'avais à la fois l'impression que j'étais emporté par une force occulte – le Windigo ou un autre esprit maléfique – et celle insoutenable d'être trahi par mes propres parents. De toute manière, je me sentais précipité dans un abime sans fond par une puissance qui dépassait ma compréhension. Et chaque épinette qui défilait par-delà la fenêtre de l'autobus accentuait la déchirure de mon âme, augmentait ma douleur. Je serrais à deux mains ma petite oie sculptée dans l'espoir qu'il se produise quelque sortilège qui efface-rait ma crainte, mais aucune magie ne semblait vouloir se manifester. J'étais terrorisé par l'inconnu.

Isidore est venu me rejoindre sur mon banc, où il est d'abord demeuré silencieux. Mais sa simple présence m'a fait du bien. Avec lui à mes côtés, je reprenais pied dans la réalité.

— Tout ira bien, Pirecic.

Tels ont été ses premiers mots.

— Tout ce que tu as à faire, c'est obéir. Dépêche-toi d'apprendre tes prières et garde le silence le plus souvent possible. S'ils disent « lève-toi », tu te lèves ; s'ils te disent de manger la bouche fermée, tu fermes la bouche.

— Mais on fait comment pour manger sans ouvrir la bouche ?

Isidore a éclaté de rire. Ma question, pourtant toute simple et pragmatique, l'avait surpris. Et entre les hoquets de mes sanglots et la morve qui s'écoulait de mon nez à force de pleurer, j'ai ri aussi.

Je pensais pourtant que rire était devenu impossible.

* * *

L'engin de fer continuait sa course à travers bois et, bien que nous ayons été constamment ballotés à cause des aspérités de la route, j'ai fini par m'endormir.

Lorsque je les ai rouverts, mes yeux m'ont renvoyé l'image insolite de pâturages verdoyants et clôturés où paissaient des vaches. Je n'avais jamais rien vu de tel, moi qui ne connaissais que la forêt boréale comme environnement. Çà et là, des paysans marchaient dans les champs et levaient la tête pour saluer le passage de notre bruyant cortège. De petites maisons de bois à la peinture usée par les intempéries parsemaient les vallons.

L'autobus a ralenti sur la route de terre. Soudain, les demeures sont devenues plus grosses et plus rapprochées les unes des autres et nous sommes passés devant une église démesurément grande à la blancheur éclatante. Nous traversions une petite ville. Là ne poussaient que des poteaux goudronnés portant de lourds fils électriques. Des rangées de maisons toutes identiques accompagnaient notre passage sur le chemin de terre battue. Il y avait des commerces et des restaurants placardés de panneaux réclames de compagnies américaines. Des hommes et des femmes au teint pâle marchaient sur les trottoirs de bois et se saluaient sous le soleil.

Je me suis retourné. Isidore était toujours à mes côtés, jetant par la fenêtre les coups d'œil désintéressés de celui qui a l'habitude.

— Où sommes-nous ?

— Nous serons au pensionnat dans peu de temps.

Le pensionnat ?

Ce mot ne revêtait aucun sens pour moi. Je n'en avais jamais entendu parler. Moi, ma vie était faite d'épinettes, de lacs et de mouches noires.

L'autocar s'est immobilisé devant un immense bâtiment. Des rangées de fenêtres vitrées s'étiraient en parallèle sur les trois étages peints en blanc. Il y avait une très grande croix qui se dressait devant. Des frères, vêtus à la manière du curé Beauchemin, et des religieuses à cornette se tenaient droits et souriants au bas de l'escalier menant à la porte de la bâtisse. Quelques-uns ont toussé dans la poussière de terre et de pétrole qui entourait notre véhicule.

— Maintenant, souris et garde le silence. Ne parle pas notre langue. N'appelle pas tes parents, même si tu es triste. Et dépêche-toi d'apprendre tes prières.

Isidore m'avait parlé en récupérant sa valise. Puis, il s'était éloigné à la suite des autres. Moi, j'ai attrapé le paquet ficelé que m'avait remis ma mère et, le serrant contre mon cœur qui battait à tout rompre, j'ai descendu sur mes petites jambes flageolantes les trois marches qui me séparaient de la terre ferme.

Et tout s'est enchainé très vite.

Nous nous tenions en rang, silencieux, les filles et les garçons chacun de leur côté. Une sœur plus vieille que les autres s'est mise à faire l'appel des noms des enfants qui, tour à tour, quittaient le rang et se dirigeaient à l'endroit qu'on leur indiquait.

— Siméon Awashish !

Je suis allé vers la droite. Là, une jeune nonne est venue me chercher et, malgré que je le tienne serré, a pris le paquet de linge que j'avais en mains. Elle souriait et était jolie malgré ses vêtements un peu ridicules. Elle m'a entrainé à l'intérieur du bâtiment. Dedans, il faisait sombre. Le plancher était de bois lustré et les murs de plâtre immaculé. Il se dégageait une odeur…

* * *

— Ça sentait quoi, *nimocom* ?

Le vieil homme fouille dans sa tête.

— Comment dire ?

Et, après une pause :

— Disons que ça sentait le bois.

— Le bois, comme au chalet de papa ?

— Non. Pas le bois, Niska. Disons… Es-tu déjà allée à l'église ?

— Tu veux dire à celle du village ?

— Oui, c'est bien ça. Es-tu déjà allée à l'église du village ?

— Oui. L'an dernier, il y a eu la confirmation de Thérèse.

— C'est vrai. J'y suis allé aussi. C'était une belle fête, n'est-ce pas ? Tu te souviens du repas qu'on a partagé avec tes parents ? Et le gâteau ? Tu te rappelles le gâteau que ta tante avait préparé ? Il était rose et plein de brillants.

— Tu parles que je m'en souviens ! Il était si bon ! J'ai pleuré quand maman m'a empêché d'en reprendre...

— C'est vrai. Eh bien, ça sentait ça.

— Ça avait l'odeur du gâteau rose ?

— Non, Niska. Ça sentait le bois comme à l'église.

* * *

La sœur m'a remis une grande boite en fer et une clé, puis elle m'a fait signe de la suivre. Elle m'a entrainé dans un dédale de corridors jusqu'à une vaste salle où étaient alignés des rangées de petits lits en métal couverts de draps blancs. Quelques enfants, la plupart plus âgés que moi, installaient leurs pénates en silence.

Elle parlait en marchant, mais je ne comprenais pas tout ce qu'elle disait.

J'arrivais bien à saisir un mot çà et là, mais sans plus.

Elle s'est arrêtée devant une couche au centre du dortoir, puis elle s'est assise sur le matelas. En tapotant à côté d'elle, elle m'a invité à la rejoindre, ce que j'ai fait. Elle m'a montré à utiliser la clé pour ouvrir la boite. Elle a dénoué le paquet de vêtements et, après avoir inspecté méticuleusement les chemises, le débardeur en laine, les pantalons et les bas qu'il contenait, elle les a rangés avec minutie au fond du coffre. Comme elle allait rabattre le couvercle, j'ai tiré mon oie sculptée de ma poche et je l'ai déposée sur le dessus de la pile de vêtements. Et j'ai souri. La jeune religieuse a interrompu son geste et m'a fixé d'un air étonné. De sa main libre, elle a saisi l'animal de bois.

— Tu n'auras pas besoin de ce fétiche ici, Siméon.

« Fétiche »... Je ne connaissais pas ce mot. Pas plus que « besoin », d'ailleurs. Alors j'ai souri en silence, comme me l'avait conseillé Isidore.

Elle a refermé la boite et l'a verrouillée avant de me tendre la clé.

Elle s'est levée, s'est signée de la croix et m'a invité à la suivre, ce que j'ai fait. Nous avons marché jusqu'à une pièce où se trouvaient des chaises. Là, des hommes vêtus de sarraus blancs m'attendaient, ciseaux à la main.

— Assieds-toi, mon petit bonhomme.

Je me suis assis et on a dénoué mes nattes. Sans délicatesse, l'homme défaisait le travail tendre de ma mère, il annulait le dernier geste qu'elle avait posé pour moi. J'ai eu envie de protester, de me lever et de fuir, mais je me suis rappelé les mots d'Isidore :

— Tout ce que tu as à faire, c'est obéir.

Alors, je l'ai laissé faire.

Il a fait danser ses ciseaux et a allégé ma tignasse. À l'aide d'un peigne fin, il a inspecté ce qui me restait de cheveux sur la tête afin d'en retirer les lentes. Une fois le travail terminé, l'homme m'a fait lever et un nouvel enfant est venu me remplacer.

À la sortie de la pièce m'attendait la jeune religieuse. Cette fois, elle était accompagnée d'un homme, qu'elle m'a présenté.

— Voici le frère Bastien.

J'ai dit bonjour et il m'a invité à le suivre. Une fois de plus, nous avons parcouru une série de couloirs – j'avais véritablement l'impression de me trouver au cœur du dédale des sentiers de lièvres dans une sapinière ! – jusqu'aux douches communes. Il s'agissait d'une grande salle aux murs couverts de carreaux de céramique beige. Une douzaine de pommes de douche ruisselantes pendaient des murs. Le plancher était couvert de flaques d'eau qui couraient en zigzaguant vers un drain de plancher unique. Le frère Bastien m'a remis une serviette et un pain de savon. Il a ensuite désigné un endroit où mettre mes vêtements et a dit :

— Maintenant, lave-toi bien. C'est important que tu sois propre.

Voyant l'incompréhension dans mes yeux de biche, il a mimé ce que je devais faire. Quand j'y repense aujourd'hui, la scène avait quelque chose de comique ; il faut avouer que de voir cet adulte multiplier les simagrées devant un enfant pour se faire comprendre a de quoi faire sourire... Sur le coup, je me sentais mal à l'aise de me dénuder devant cet inconnu. Une fois de plus, je me suis rappelé les conseils d'Isidore et j'ai obéi.

Quand je suis sorti de la douche, le frère Bastien a inspecté mon corps nu. Il m'a demandé de tourner sur moi-même, de lever les bras et les pieds pour être certain que j'avais tout nettoyé. Après l'inspection, il a fait non de la tête et m'a indiqué d'y retourner. De nouveau, j'ai actionné la champlure et me suis savonné en m'appliquant de mon mieux. Et je me suis représenté à l'inspection. Encore une fois, il a fait non. Il a pointé la peau de son avant-bras, puis la mienne, a fait signe de frotter mieux et plus fort, puis m'a renvoyé aux douches.

Quand il m'a enfin autorisé à me sécher, j'avais la peau irritée, couverte de plaques rouges à force d'avoir frotté. Et mon cœur d'enfant, trop occupé à vouloir plaire, n'avait rien saisi de l'humiliation absurde de l'exercice.

J'ai regagné le dortoir affublé des démangeaisons provoquées par chaque parcelle de mon épiderme parfumé et desséché par le savon. Je me suis assis sur mon lit et j'ai ouvert mon coffre en fer à la recherche de la statuette de bois.

Elle n'y était pas.

Faute de mieux, je me suis glissé comme les autres sous les couvertures et j'ai fixé le plafond à la recherche d'une luciole, du chant du huard – que sais-je ? – d'une aurore boréale. J'étais totalement désemparé. Seul au monde parmi la multitude des esseulés rassemblés dans ce dortoir. Et ce soir-là, au lieu du chant des grillons, je n'ai eu pour m'accompagner dans le sommeil que le son des sanglots qu'on étouffe.

* * *

— Je t'épargnerai les détails de mon histoire, Niska. Tu ne les mérites pas. Je ne veux pas dire que tu n'es pas assez bien pour eux ou que tu n'as pas l'intelligence de les comprendre. Non. C'est simplement que tu ne gagnerais rien à les connaitre, ils seraient un legs qui empoisonnerait ta jeune existence et alourdirait ta légèreté d'enfant. Et ça, il ne le faut pas. Cet exercice inutile a duré des générations. Chacune est de trop. Mais la vie est devant. Rien ne sert de s'encombrer des boulets du passé. Ces chaines sont les miennes, je ne te les donnerai pas.

Immobile dans la crinoline rose de sa robe, la petite princesse fixe son grand-père. Stupéfaite. Incapable de comprendre. Mais sa tête est ailleurs, sa quête à elle est autre.

— Mais d'où vient mon nom ?

Le vieil homme marque une pause, surpris de s'être égaré dans sa réponse, d'avoir oublié la question à la base de toute cette histoire.

— C'est vrai. Tu as raison. Excuse-moi, je prends des détours, mais j'y arrive.

* * *

Ma mère m'a confié un jour que mon père avait pleuré durant tout le trajet du retour, entre la plage où m'avait cueilli l'autocar et le village, qu'en trois jours ses joues avaient été les hôtes de torrents, que ses larmes avaient érodé sa peau jusqu'à y creuser des rides.

Mais il n'avait pas prononcé un mot.

Il était demeuré reclus dans son mutisme tout ce temps. Et même après. Ma mère avait beau essayer de le consoler, de le raisonner, il demeurait enfermé dans le silence.

— Il va revenir, Pirecic.

Rien n'y faisait.

— Il doit s'amuser là-bas avec les garçons de son âge. Et il apprend des choses que ni toi ni moi ne savons. Il va rentrer instruit et savant.

Encore rien.

Puis, les jours ont raccourci, les nuits ont fraichi, les outardes se sont posées sur le lac. Il en était ainsi depuis toujours, en octobre. Et pendant que les chasseurs montaient dans leurs canots pour aller les abattre, lui était demeuré au bord de l'eau à regarder ces derniers s'éloigner. Ma mère, inquiète de le voir immobile et seul, s'était approchée de lui. Et là, l'improbable s'était produit :

— Je sais maintenant qu'il connait le chemin du retour. Pirecic va revenir, il me l'a promis.

Il avait retrouvé la paix.

* * *

Je ne me souviens pas avoir dormi une nuit complète avant l'automne. Chaque matin, de septembre à octobre, je me réveillais plus fatigué que la veille. Quand j'exprimais ma peine en utilisant les mots que je connaissais pour me faire comprendre, on me rassurait en disant que le Petit Jésus me comprenait et on m'encourageait à prier pour qu'enfin Il me console.

Et c'est ce que je faisais.

Mais ma peine n'en diminuait pas pour autant.

J'étais vide. Dévasté. Mon âme errait entre le besoin de revoir mes parents et l'amertume de les avoir vus m'envoyer ici. Parfois, j'imaginais des scénarios où mon père fendait la brume dans un canot volant et venait me secourir au milieu de la nuit. Nous allions nous réfugier sur une ile au cœur d'un lac paisible. D'autres fois, je m'imaginais m'enfuyant du dortoir en pyjama et regagner le *kitaskino*[9] en pantoufles. Je retrouvais mon père et ma mère assis de part et d'autre d'un feu de bois. En me voyant apparaitre souriant, ils me disputaient et me renvoyaient d'où j'arrivais avec l'ordre de ne plus revenir. Chaque soir, au moment de me mettre au lit, j'ouvrais la caisse en fer dans l'espoir d'y trouver l'oie sculptée. Jamais elle ne s'y trouvait.

Puis est venu un matin d'automne. Je me souviens du froid qu'il faisait. Les feuilles colorées qui pendaient encore aux branches des arbres étaient recouvertes de cristaux de frimas scintillant et une buée blanche que le soleil colorait de jaune s'échappait de ma bouche à chaque respiration. J'étais dans la cour et je marchais seul, en silence. Autour de moi, d'autres pensionnaires jouaient au ballon. On entendait au loin cacarder les outardes à travers les cris des enfants. Le bonheur sonnait faux au

9. Territoire de la famille.

cœur de cet endroit. Il était difficile d'y croire. Tous, nous trainions un fardeau, quelque chose qui clochait.

Nous étions brisés.

Les religieux et les religieuses qui géraient l'établissement nous observaient en silence, qui l'œil sévère, qui l'œil attendri. Pour eux, nous étions des orphelins. On nous avait arrachés à nos familles, ils en étaient conscients, mais ils avaient la certitude insensée que c'était pour notre bien. C'est difficile à comprendre, je sais. En fait, c'est tout à fait incompréhensible. Mais c'était comme ça.

Parmi les surveillants, j'ai reconnu sœur Anne.

Tu te souviens de la dame qui m'avait accompagné à mon lit et pris l'oie sculptée de mon père ? Eh bien voilà, c'était elle, sœur Anne, son nom vient tout juste de me revenir.

Elle était là, donc, souriante sous sa cornette, les mains croisées sur le ventre à l'abri dans un manchon de fourrure. Et elle discutait candidement avec une autre religieuse tout aussi jeune qu'elle. Je ne sais pas ce qu'il y avait dans l'air, mais mon cœur était morose. Était-ce la lumière qui devenait plus rare de jour en jour et qui peinait à gagner le matin ? Le froid ? Le fait d'être loin de chez moi depuis trop longtemps ? Je n'en sais rien. Mais une tristesse m'affligeait et les V dessinés dans le ciel par les bernaches n'avaient rien pour me consoler. J'avais l'impression – ou devrais-je dire l'espoir ? – que chacun emportait avec lui un bout de moi.

J'avais besoin d'être rassuré, de trouver une prise solide dans cette nouvelle réalité qui était la mienne. Je cherchais dans les poches vides de mon pantalon l'objet qui aurait permis cela. Bien entendu, il ne s'y trouvait pas.

Je me suis donc dirigé timidement vers les deux religieuses et, dans mon français encore hésitant, j'ai prononcé, dans des mots à peine audibles :

— Bonjour, sœur Anne.

— Bonjour, Siméon ! Tu ne t'amuses pas avec les autres ? Il y a quelque chose qui ne va pas ?

Je n'avais pas envie de m'étendre sur mes états d'âme. Tout ce que je désirais, c'était récupérer mon objet.

J'ai répondu :

— Non. Je chercher…

Et là, le vide. J'ai réalisé qu'il me manquait un mot. Je fouillais les coins de ma tête, tassais les souvenirs, soulevais les craintes et les espoirs, mais rien. Il me manquait un mot.

— On dit « Je cherche », Siméon. Pas « Je chercher ».

— Pardon. Je cherche…

— Tu cherches ? Mais que cherches-tu, Siméon ?

Il n'y avait rien à faire. Ce satané mot refusait de se révéler à mon esprit.

— Siméon ?

— Je cherche mon…

— Ton quoi, Siméon ?

Et je l'ai dit. J'ai fait fi des conseils d'Isidore et j'ai cédé à la pression des questions. J'ai dit :

— *Metowan*[10]…

Et dans ma bouche d'Amérindien, ç'a sonné tel un blasphème, comme si

10. Jouet.

je commettais le pire des sacrilèges. Autour de moi, le temps s'est suspendu. Soudain, j'ai senti mes joues s'empourprer, mon cœur s'emballer, mes yeux se gorger d'eau. Je savais que je venais de transgresser une règle importante, Isidore me l'avait tant de fois répété : « Surtout, ne parle pas notre langue ! »

Les deux femmes m'ont lancé un regard à la fois surpris et sévère. Sœur Anne a posé la main sur mon épaule et, sans lever le ton, elle a doucement sermonné :

— Tu sais que tu ne dois pas dire ce genre de mots. Il faut que tu parles la bonne langue, Siméon, celle de Jésus. C'est pour ça que tu es ici. Je devrais te punir pour ce que tu viens de dire, j'en aurais le droit. Mais pour cette fois, je te pardonne. Allez ! Retourne t'amuser et ne t'avise pas de recommencer, tu ne me donnerais pas le choix.

J'ai fait oui de la tête et je me suis éloigné. Je l'avais échappé belle.

J'ai retenu la leçon : je n'aurais pas mon oie. Et notre langue était mauvaise.

* * *

J'apprenais vite et bien ce qu'on me prodiguait. Et, outre l'incident de la cour d'école, j'avais un comportement exemplaire. Chaque soir, chaque matin, à chaque repas, je faisais ma prière. La chose la plus importante qu'on nous inculquait, c'était comment plaire à Jésus et je m'efforçais de le faire avec ferveur. Les manuels scolaires nous enseignaient combien nos ancêtres avaient des pratiques barbares en nous bourrant la tête de l'histoire des saints martyrs canadiens que nous, sauvages Amérindiens, avions massacrés en les faisant bouillir ou en les brulant vifs. Christophe Colomb avait découvert l'Amérique, Jacques Cartier le Canada – chose étrange quand on comprend qu'il y avait là des gens qui les ont accueillis… Mais nos enseignants gardaient le silence sur l'occupation amérindienne du territoire. Et nous, désireux de bien faire, répétions en chœur ces leçons insensées. Nous apprenions à y croire.

Puis venait la prière.

Et l'heure du coucher.

Les outardes ont passé, puis s'est installé l'hiver avec ses monticules blancs et ses batailles de balles de neige. Il arrivait, le dimanche, qu'on organise des soirées cinéma. On nous défilait les films américains de John Wayne ou de Maureen O'Hara en noir et blanc. Nous applaudissions les exploits des colons à la conquête de l'Ouest et soulignions à grands cris de joie les victoires de la cavalerie sur les Peaux-Rouges…

* * *

— Tu aimes les films de princesse, *nimocom* ?

— Je ne sais pas trop, Niska. Je n'en ai pas vu souvent. Toi, tu les aimes ?

— Moi, je les adore. Quand je serai grande, c'est ce que je veux devenir.

— Une princesse ?

— Oui. Une princesse. Je vivrai dans un château avec des serviteurs et des fées.

— Avec des fées, tu es bien certaine ?

— Bien sûr !

— Et pourquoi, des fées ?

— Eh bien… Je ne sais pas. Les princesses ont des fées pour préparer les repas et plier le linge. Elles transforment des trucs et elles chassent les méchants… Enfin, je crois.

— Hum… moi, je me méfie de ceux qui ont la faculté de transformer la réalité. On ne sait jamais de quoi ils sont capables.

— Qu'est-ce que tu veux dire, *nimocom* ?

— Ce que je veux dire ? Je n'en suis pas trop certain. Mais tu ne trouves pas que c'est beaucoup de pouvoir de transformer les objets et les gens à sa guise ?

— Non. Je ne trouve pas.

— Bon. Tu auras des fées alors. Mais il faudra que tu ailles à l'école longtemps pour ça.

— Je sais… C'est ce que maman me dit tout le temps…

* * *

Et la neige a fini par fondre ; même les hivers les plus longs ont leur fin. Des rigoles zébraient la cour du pensionnat en formant, au passage, des flaques plus ou moins grandes que j'imaginais à l'occasion être les lacs ou les ruisseaux qui me ramèneraient au *kitaskino*. Mais la plupart du temps, au lieu d'y plonger pour regagner les miens, je me contentais de les enjamber pour ne pas mouiller mes pieds et ainsi éviter les foudres du personnel.

J'avais pris mes aises dans cet environnement. Je m'étais fait des amis. Rogatien, Rodrigue, Jean…

Je n'avais pas vu mes parents depuis la fin du mois d'aout. Une éternité. Les souvenirs que j'avais d'eux étaient flous, figés dans mon esprit. Il s'agissait d'impressions générales, de sentiments diffus ou de situations imaginées. Bref, j'avais appris à me passer d'eux dans mon quotidien et je me contentais de les imaginer, de les rêver, de les idéaliser pour le meilleur et pour le pire ; il n'y a rien de vrai quand on ne partage plus les jours. Mais j'avais tout de même hâte de les retrouver. J'avais passé tous ces longs mois à m'appliquer à faire ce pour quoi ils m'avaient envoyé ici. Je savais désormais lire et écrire, je connaissais des chansons et des prières par cœur, maitrisais le nom des martyrs canadiens sur le bout des doigts ; je devenais ce qu'on exigeait de moi : beau, bon, pieux. Mes parents seraient fiers de celui que j'apprenais à être un peu plus chaque jour.

Du moins, c'est ce que je croyais.

Je guettais avec impatience le passage prochain des bernaches du Canada en sachant qu'à quelques centaines de kilomètres, au cœur de la forêt boréale, mes parents faisaient de même. Quand elles passeraient enfin dans leurs multiples cortèges bruyants, je saurais que le moment de mon retour parmi eux serait proche.

Puis ce jour est venu. Les arbres se sont couverts de feuilles et les fleurs ont fleuri. Plus le temps s'écoulait, plus l'excitation me gagnait. Je m'appliquais à mes leçons avec encore plus de ferveur. Je désirais être meilleur que bon, je voulais les impressionner.

Et, enfin, est arrivé le temps des vacances, l'autocar et sa gueule d'acier béante, prête à nous avaler comme Jonas par sa baleine.

Troisième partie

L'autocar s'enfonçait dans la forêt d'épinettes sur le long cordon de terre qui lui servait de sentier. J'étais secoué comme un hochet sur le banc de cuirette rapiécée. À travers la vitre, je comptais les ruisseaux qui me séparaient de ma destination. Je voyais en pensées la pointe de sable au bord du lac où m'attendrait mon père, son canot tiré sur la berge. Il aurait fait du feu et préparé du thé. Peut-être m'aurait-il réservé un morceau de sucre d'érable du printemps. Il aurait dans sa poche un nouvel animal sculpté, ça, c'était certain. Il me dirait bonjour, déposerait un baiser sur mon front et nous repartirions ensemble, sillonner les lacs et les rivières du territoire. Comme si ma longue absence n'avait été qu'une pause dans nos vies, comme si nous nous étions séparés la veille. Je lui chanterais les chansons que j'avais apprises, je lui réciterais l'alphabet et il serait fier de moi. Ma mère m'observerait les yeux scintillants. Elle m'offrirait un morceau de banique bien chaude, cuite à même le feu.

J'anticipais et idéalisais le moment.

Et de fait, quand le véhicule s'est immobilisé au bord de l'eau, mes parents étaient là. Avec ceux d'Isidore et tous les autres. Tous souriaient, mais je n'ai été témoin d'aucune effusion. La joie se manifestait avec retenue, comme si quelque chose, un malaise, gênait ces retrouvailles. J'avais grandi. Mes pantalons découvraient mes chevilles et les boutons de ma chemise risquaient au moindre mouvement de se défaire.

Mes parents se tenaient en retrait, l'un à côté de l'autre, et me toisaient de loin, l'air de jauger ce qui de moi avait changé, ce qui était demeuré le même.

Je me suis dirigé vers eux.

— *Kwei notawi kirika nikawi*[11] !

Tout de suite, ma mère m'a pris dans ses bras et m'a salué en me serrant fort contre son cœur.

— Comme tu as changé, Pirecic ! Tu es encore plus beau que dans mes rêves ! Et j'ai rêvé de toi souvent, tu sais ? Presque chaque soir !

C'était étrange. On ne m'avait pas nommé Pirecic depuis une éternité. Et ce nom sonnait à mes oreilles comme celui d'un autre. Je ne savais pas trop quoi répondre, alors je me taisais. Ils paraissaient soudainement vieux, mes parents. Un ou deux cheveux blancs zébraient leur chevelure et je remarquais des rides que je n'avais jamais entrevues sur leur visage. Ils avaient changé. Du moins, ils ne correspondaient plus tout

11. Bonjour, papa et maman !

à fait à l'image que j'en avais gardée. Ce que la distance et le temps peuvent faire... J'avais rêvé d'eux aussi, mais, dans mes songes, ils étaient différents. Qu'en était-il de moi dans les leurs ?

Mon père s'est approché à son tour. Il a mis la main à sa poche et l'en a retiré avant de tendre son poing fermé vers moi et de s'accroupir. Une fois à ma hauteur, il a fixé ses yeux dans les miens, puis a déplié une à une ses phalanges pour découvrir l'oie sculptée déposée sur sa paume.

— Tu vois, je l'ai toujours gardée sur moi, comme on se l'était promis. Elle ne m'a jamais quitté. Pas une journée.

J'ai détourné le regard. La mienne – ma poche – était vide. Cet objet que j'avais juré de garder, je ne l'avais plus. On me l'avait pris et moi, passif, je n'avais rien fait pour protester. Rien pour le récupérer.

Il avait tenu promesse.

Pas moi.

Mon père était là, accroupi, les yeux fixés sur moi, et j'ai vu son visage se défaire. Il lisait dans mon silence la honte, la peur, la déception de n'avoir pas tenu ma parole. Son sourire est demeuré figé, mais toute son expression s'en est allée. Voyant que je ne répondais pas, il s'est relevé et a dit :

— Ce n'est pas grave. Tu es un enfant, je ne peux pas t'en vouloir. Je t'en ferai une autre, c'est tout.

Qui tentait-il de convaincre ?

Lui ?

Moi ?

Il a pris mes choses et nous nous sommes dirigés vers le canot.

* * *

Le soleil baisse sur l'horizon et étire l'ombre des deux bottes de caoutchouc posées côte à côte sur le sable blanc. Les deux traits noirs s'allongent, effleurant au passage la paire de chaussettes roses abandonnées en boules sur le sable, jusqu'à toucher l'eau.

— Tu es bien certaine qu'elle n'est pas trop froide ? On est en octobre, les feuilles ont déjà changé de couleurs !

La petite princesse marche lentement, pieds nus, enfoncée dans l'eau jusqu'aux chevilles. Chacun de ses pas émet un clapotis rappelant le son de l'aviron qu'on manœuvre.

— Non, *nimocom*. Elle n'est pas si froide. Papa et maman disent que, si ça continue, il n'y aura peut-être même pas d'hiver cette année… Ça serait bien. On pourrait se baigner…

— Tu as raison, les hivers peuvent être longs.

* * *

Le village n'avait pas changé. En tout point, il était demeuré le même : l'église sur la pointe, la petite école au centre, quelques champs où on cultivait des pommes de terre et des carottes, le presbytère modeste du curé Beauchemin. Le seul changement dans le décor était le cabanon qu'avait bâti mon père à quelques mètres de notre maison.

Le canot a accosté et nous avons transporté mes affaires jusqu'à ma chambre.

La petitesse de notre cabane jurait avec la vastitude du pensionnat. Ici, le plancher de bois n'était pas ciré, il était plutôt usé par le sable qui couvrait le village. Une seule chambre pour nous trois dans le grenier. Une simple table et un poêle à bois dans ce qui nous servait à la fois de salle de séjour, de cuisine et de salle à manger. Une tente aux murs de bois…

J'avais connu cette demeure. J'y avais été heureux.

Elle m'était désormais étrangère.

Je suis sorti prendre l'air. Cotoro, souriante, m'attendait sur le pas de la porte. Elle n'avait pas changé elle non plus. Béret gris sur la tête, robe à fleurs, regard pétillant.

Elle m'a invité à la suivre et nous avons marché ensemble à travers le village. Elle n'a pris aucune nouvelle de moi, ne m'a rien demandé de mon absence. Non. Elle a repris la conversation là où nous l'avions suspendue, comme si nous nous étions quittés la veille. Comme si mon absence du village n'avait été qu'une pause, comme si le temps s'était suspendu le jour de mon départ.

Mais là n'est pas mon propos, je m'éloigne encore du sujet. Simplement, j'étais content de la retrouver et sa candeur me faisait du bien.

Bref, nous avons marché tout le jour et nous sommes arrêtés deux ou trois fois sur une grosse pierre au bord de l'eau pour nous assoir et discuter.

Lorsque je suis rentré chez moi ce soir-là, mon père inspectait un bout de bois. Il s'agissait d'une buche de bouleau longue comme ton pied, Niska, et qui avait environ la circonférence d'une canette de boisson gazeuse. Un peu plus, peut-être. Il le tournait et le retournait dans tous les sens, l'inspectait dans ses moindres détails, comme s'il cherchait un moyen de lui faire prendre vie.

Quand il m'a aperçu, il m'a dit:

— Tu rentres déjà? C'est bien. Ta mère te cherchait.

Il a pris son bout de bois dans sa main et s'est dirigé à l'intérieur du cabanon. Quelques instants après, la flamme jaune d'une lampe à huile dansait sur les cloisons.

J'ai poussé la porte. La cuisine embaumait la banique et les fèves au lard. Mais mon assiette, laissée sur le coin de la table, était tiède. J'avais raté le repas.

— Tu me cherchais, maman ?

— Non, Pirecic, je ne te cherchais pas. Je me demandais simplement où tu étais et ce que tu faisais. Il est tard. J'aurais aimé que tu prennes ce premier repas avec nous, simplement. Mais ce n'est pas grave. Raconte-moi un peu comment c'était là-bas. Montre-moi ce que tu as appris.

Elle me regardait avec excitation, comme si j'étais un magicien sur le point de tirer une colombe d'un mouchoir. Et moi, dans ma tête, je cherchais quelque chose de vraiment spécial à lui raconter. Que pouvais-je faire ? Réciter l'alphabet, lui chanter Alouette, je te plumerai ? Ne trouvant rien de mieux, je me suis mis à table et j'ai fait mon bénédicité. Je ne savais rien faire d'autre que prier.

J'ai fini mon assiette sous l'œil attentif de ma mère. Elle m'observait, m'examinait, cherchait en moi ce qu'il y avait de semblable, ce qu'il y avait de changé. À chaque bouchée, j'essayais d'être parfait. De ne pas ouvrir la bouche autrement que pour y introduire la cuillère. Et pourtant… J'avais cette maudite impression de ne pas être à la hauteur.

J'ai essuyé ma bouche et rangé mon assiette.

— C'est tout ?

Et, la gorge serrée :

— Oui, maman, c'est tout.

Puis, je suis monté me coucher.

Je ne me suis pas endormi tout de suite. Je parcourais des yeux les rainures des planches qui couvraient le plafond faiblement éclairé par le fanal du rez-de-chaussée. En bas, c'était le silence. Un silence immobile et total. Puis la porte s'est ouverte et refermée.

— Alors, qu'est-ce qu'on lui a appris à notre beau Siméon ? a questionné mon père sans grand intérêt.

— Je ne sais pas… il y a des copeaux de bois accrochés au bas de ton pantalon, tu vas en mettre partout.

Et ce soir-là, malgré les stridulations des grillons, il y avait plus de nœuds dans ma gorge que dans le bois du plafond.

*   *   *

Il a passé plusieurs journées enfermé dans son cabanon, mon père. Je ne les ai pas comptées et si je l'avais fait, j'en aurais sans doute oublié le nombre, mais je n'ai pas souvenir de l'avoir vu faire autre chose. Le matin, il se levait, mangeait un morceau et sortait. Il se dirigeait directement dans son antre, verrouillait la porte et y demeurait tout le jour.

J'étais si jeune…

Quant à moi, je marchais avec Cotoro. Parfois, Isidore se joignait à nous. Jamais nous ne parlions du pensionnat, même si son ombre planait sur nous comme un balbuzard en chasse. Chaque jour était compté, nous le savions. Pourtant, nous n'évoquions jamais la date fatidique où nous y retournerions. Contre l'inévitable, nous n'avions que le silence.

Puis, le jour est arrivé où mon père a ramassé mes choses et m'a dit:

— Nous partons, Siméon.

Résigné, j'ai pris place dans le canot. Entre lui et ma mère.

J'étais bercé par le clapotis des vagues et, bien que chacune des poussées régulières de l'aviron de mon père me rapprochait de la plage où l'autocar viendrait me cueillir avec les autres, je revivais ces moments de jeunesse où le *kitaskino* s'ouvrait à nous. Dans ma tête, les souvenirs heureux et l'appréhension du départ se mêlaient.

C'était le premier jour. Ou peut-être le second, je ne me souviens plus. De toute façon, ç'a peu d'importance. Mais je me rappelle le feu et la plage, les cailloux qui affleuraient à la surface de l'eau et les arbres qui se voutaient au-dessus du campement. Comme toujours, un chaudron où chauffait du thé avait été placé sur le feu et de la banique cuisait lentement près de la braise. Mon père est venu me voir. Il a dit:

— Approche un peu, il faut que je te montre quelque chose.

Je l'ai suivi en retrait.

— Tu vas repartir, tu le sais.

J'ai fait oui de la tête.

— Je veux que tu reviennes. Et pour que tu te souviennes de qui tu es, pour que tu te souviennes de nous, j'ai sculpté pour toi une nouvelle oie. Je veux que tu en prennes soin. Que tu la gardes avec toi.

Il a sorti de la poche de sa chemise un oiseau sculpté. Encore plus beau que celui qu'il m'avait fait l'année d'avant. Il était orné de détails des plus réalistes : deux yeux, les narines sur le bec, les rangs de plumes, tout avait été taillé au couteau avec une minutie à peine imaginable.

Il me l'a tendu et a conclu :

— Celui-ci, tu ne le perdras pas.

Puis il est retourné s'assoir près du feu.

Je suis resté seul à inspecter mon oiseau de bois. Il était beau. Vraiment très, très beau. Et je me suis fait la promesse à moi seul que celui-ci, rien ne m'en séparerait.

Rien.

*   *   *

— C'est celui-là, c'est ton oiseau, *nimocom*, que j'ai autour du cou ?

— Non, Niska, celui-ci est un autre. Laisse-moi te raconter la suite. Après, il faudra que nous rentrions, le soleil baisse.

La petite princesse acquiesce en silence. Il est vrai que le ciel est de feu derrière la frange d'épinettes noires qui couvre les collines.

*   *   *

Nous nous sommes séparés sur la plage, mes parents et moi. Une fois de plus, mon père m'a répété son leitmotiv :

— Ne nous oublie pas et reviens-nous. Reste qui tu es.

Mais quelque chose dans sa voix hésitait à y croire.

De nouveau, ma mère m'a pris contre son cœur et m'a remis des vêtements neufs. Cette fois, ils étaient dans une valise en fer rouge. La même que celle d'Isidore et de tous les autres.

Elle a murmuré :
— Prends soin de toi, Siméon.

Il y a ensuite eu l'autocar, puis les épinettes sur la route de terre enjambant les ruisseaux, puis la campagne et la ville. Au pensionnat, on a appelé mon nom. On a coupé mes cheveux. On m'a cherché des poux. J'ai pris des douches et des douches, jusqu'à ce que ma peau en craque. On m'a remis la boite en fer où mettre mes affaires et on m'a mené à ma couchette.

La routine reprenait son cours, comme si l'été n'avait pas eu lieu.

* * *

C'est avec une joie mitigée que les pensionnaires se retrouvaient en septembre. Des salutations s'échangeaient, des blagues fusaient çà et là, mais nous ne prenions pas de nouvelles. Moi, comme les autres, je ne parlais jamais de l'été. J'ignore si c'était de peur d'éveiller la nostalgie ou par crainte de souffler sur les braises de l'espoir… Bref, j'observais cette règle que je m'étais imposée : quand j'étais ici, je ne parlais pas de là.

Les premières nuits étaient les plus difficiles. On entendait souvent les nouveaux pleurer dans le noir. Ça énervait les plus vieux. Moi, ça me tordait le cœur.

J'avais pris soin de cacher ma bernache en bois. Je l'avais glissée entre le matelas et le sommier, je la savais en sécurité. Là, personne ne viendrait la prendre. Et au retour, lorsque mon père me montrerait la sienne, je n'aurais qu'à lui montrer que, cette fois, j'aurais tenu ma promesse.

Il ne fallait que patienter.

* * *

Chaque jour qui défilait rendait mon père plus distant. Il parlait peu et passait davantage de temps enfermé dans son cabanon. Il n'allait presque plus à la chasse, ne pêchait plus de poissons. Il se nourrissait d'espoir. Il espérait quoi ? Personne n'aurait su le dire. Mais il attendait, ça, c'est certain.

Dans les jours de septembre qui raccourcissaient, il attendait octobre et le passage des oies sauvages ; dans ceux d'octobre, il espérait les premiers gels de novembre. Il cherchait dans le ciel la certitude. La constance. Un état de permanence où plus rien ne bouge, où l'avenir, le présent et le passé restent figés. Mais les nuages se déplacent et se transforment, c'est bien connu.

Pardonne-moi, je ne suis pas ici pour te parler du ciel. Mon histoire est tout autre.

Les gens au village s'inquiétaient pour lui. On en parlait à ma mère. Au début, elle se montrait rassurante, elle disait que tout allait bien, qu'il traversait une mauvaise passe, mais que, déjà, ça s'améliorait. Mais le bruit se répandait comme la poussière charriée par le vent et bientôt tout le village était au courant : mon père ne parlait plus et ne touchait plus à sa femme. À quand remontait la dernière fois où il l'avait embrassée ? Où il lui avait caressé les cheveux ou lui avait simplement glissé un mot doux à l'oreille ?

Au fur et à mesure que les feuilles changeaient de couleur, la rumeur s'intensifiait. Elle est devenue si forte qu'un soir, au passage des outardes, elle est allée se nicher au creux de l'oreille du curé Beauchemin.

Celui-ci, en bon pasteur qu'il était, prenait un soin fou du comportement acceptable de ses ouailles et veillait à leur moralité. Il avait donc pris la décision de lever le voile sur la relation qu'entretenaient désormais mes parents. Un soir, il a mis son chapeau ainsi que son manteau et a franchi d'un pas décidé la distance qui séparait le presbytère de la maison.

Ma mère était seule à l'intérieur, s'affairant à quelque tâche ménagère, lorsque les coups du curé ont retenti.

Quand elle a ouvert, il se tenait souriant, chapeau à la main. Il l'a saluée gentiment et a fait un pas à l'intérieur.

— Bonsoir, madame Awashish. Vous vous demandez surement quel vent me souffle chez vous à cette heure… C'est que je me demandais s'il serait possible d'avoir une discussion ensemble, vous, votre mari et moi.

À cette époque, on ne refusait rien aux représentants de la très sainte Église catholique romaine. Obéissante et soumise, ma mère a dit :

— Bien sûr !

Elle s'est empressée de tirer une chaise pour son visiteur, l'a invité à s'assoir, puis elle est sortie trouver son époux. Elle n'a pas eu à le chercher longtemps, elle savait précisément où le trouver. En revanche, elle a dû le convaincre de quitter le cabanon. J'ignore ce qu'elle lui a dit, mais, au bout d'un moment, il est entré à sa suite en secouant les copeaux de bois accrochés aux mailles de son pantalon.

— Il en reste un derrière ton mollet, a constaté ma mère au moment où il allait s'assoir.

Il l'a saisi entre le pouce et l'index, a soulevé le rond du poêle et a laissé tomber le bout de bois dans le feu qui y brulait. Légère comme une plume, la parcelle de bouleau a tracé des demi-arcs dans la chaleur intense avant de se déposer sur les braises où les flammes l'ont consumée. Mon père, l'œil triste, a remis en place la plaque de fonte et est allé rejoindre le curé assis à la table.

— Comment va la famille Awashish ? a commencé le prêtre sur un ton convivial.

S'est ensuivie une discussion banale sur les aléas de la vie et du temps. Sur la saison froide qui s'annonçait. Bref, ils ont parlé de tout et de rien durant de longues minutes. Je dis « ils », mais, en vérité, mon père ne disait rien. Les échanges avaient lieu entre le curé et ma mère. Lui demeurait cloitré dans le silence.

Le soir avançait, ma mère a fait du thé.

Puis, la conversation a pris une autre tournure.

— Vous savez, il y a un bruit qui court au village…, a annoncé l'homme d'Église.

— Ah oui ? Je ne savais pas. Nous écoutons peu les rumeurs du voisinage.

— Et vous avez parfaitement raison, madame Awashish. Mais tout de même, puisqu'il s'agit de vous et de votre mari, je pensais qu'il serait important de vous mettre au courant.

Mon père a levé le nez de sa tasse et a toisé le curé en attendant la suite.

Ma mère a questionné :

— Mon mari et moi ? Nous ne faisons rien de mal ! Que peuvent bien dire les gens à propos de nous ?

— Je ne vous cacherai pas que ce ne sont que des rumeurs et qu'on ne peut pas nécessairement s'y fier… Mais toujours est-il qu'il se trouve des personnes pour dire que, entre vous et votre époux… eh bien…

Il s'est retourné vers mon père :

— Eh bien, on dit qu'il ne se passe plus rien entre vous et votre femme.

Mon père a levé un sourcil. Manifestement, il n'appréciait pas cette incursion dans sa vie privée. Après tout, en quoi ses rapports conjugaux pouvaient-ils avoir un intérêt pour un homme qui avait fait vœu de chasteté ?

Mais il n'a rien dit.

Ma mère, elle, était tétanisée.

Le curé Beauchemin a continué :

— Remarquez que je connais vos difficultés à avoir des enfants, mais… Depuis combien de temps n'avez-vous pas été enceinte, madame Awashish ?

— Je ne sais pas, je ne sais plus…, a-t-elle balbutié pour toute réponse.

Puis, elle s'est ressaisie.

— De toute manière, je doute fort que cela soit de vos affaires. Ça ne regarde que nous, mon mari et moi.

— Bien au contraire, cela est très important pour notre Seigneur. Tout le monde doit faire son effort, il en va de l'avenir de la Race catholique !

Mon père a frappé sur la table. Si fort que la maison a tremblé. Dans la lampe, la flamme a vacillé.

— Vous avez bien entendu, alors pourquoi n'écoutez-vous pas ? Ma femme vient de vous dire que notre vie privée n'est pas de vos affaires. Retournez à votre jardin vous mêler de vos ognons !

— Monsieur Awashish, sauf votre respect, je pense que c'est à vous d'ouvrir grand vos oreilles : ce n'est pas moi, mais l'Église et Dieu qui demandent que les époux fassent leur devoir conjugal !

— Alors, vous leur direz, à votre Église et à votre Dieu, que les Awashish ont décidé que désormais Ils Se mêleraient de Leurs affaires !

— Mon Église et mon Dieu sont aussi les vôtres, monsieur, tâchez de ne pas l'oublier !

— *Ekoni*[12] ! Assez ! J'en ai déjà trop entendu ! Maintenant, vous allez ramasser vos affaires et sortir de ma maison !

Le curé, outré par l'arrogance de mon père, s'est levé aussitôt, a mis son manteau sur ses épaules et son chapeau sur sa tête. Il est sorti sans demander son reste puis, sur le pas de la porte, il s'est retourné et, les yeux injectés de sang, il a crié :

— Vous saurez que c'est un péché très grave que d'cmpêcher la famille !

Mon père s'est levé à son tour et, d'un pas menaçant, s'est dirigé vers l'homme d'Église, qui tenait un index inquisiteur pointé sur lui, et l'a saisi par le collet. Ils sont restés immobiles, leurs visages séparés par les quelques centimètres où s'immisçaient les ténèbres, les yeux luisants de rage plantés dans ceux de l'autre, à se jauger. À se défier.

Finalement, la main de mon père a lâché sa prise et, la mâchoire serrée, il a prononcé :

---

12. Ça suffit !

— Vous Lui demanderez, à votre Bon Dieu, à quoi ça sert de faire une famille s'Il passe Son temps à nous enlever nos enfants.

Le curé Beauchemin n'a rien répondu. Il s'est retourné et a disparu, avalé par la nuit.

Mon père a refermé la porte.

Ma mère, assise dans un coin, une tasse de thé tiède entre les mains, fixait le sol. À la recherche de quelque révélation qui refusait de venir.

Elle était complètement défaite.

Il se savait de trop.

Il l'a regardée un moment puis, ç'a été plus fort que lui, il est sorti à son tour et s'est enfermé une fois de plus dans son antre de bois.

* * *

Il m'arrivait parfois de glisser mes doigts dans la fente entre le matelas et le sommier pour me rassurer du bout des doigts dans la nuit. Bien que je n'aie pu la voir, je devinais les contours de la statuette en tâtant son cou, ses ailes, sa queue. J'agissais avec la plus grande discrétion. Je savais que si l'on venait à me surprendre, on me la confisquerait sans aucune forme de procès. Aussi, j'appréhendais les jours où nous avions la corvée de changer les draps de nos lits. Ces jours-là, on inspectait les matelas et le frère Bastien, le surveillant du dortoir, se montrait particulièrement tatillon à propos de la qualité du travail. Il circulait entre les lits et n'hésitait pas à nous faire reprendre notre tâche pour le moindre pli ou le moindre coin retroussé. Bref, je devais être vigilant et je m'efforçais de ne pas attirer son attention.

Cette année-là, l'hiver est arrivé de bonne heure, comme un drap blanc tiré par les bernaches. La neige a recouvert le sol et ne l'a plus quitté. Au pensionnat, les religieux avaient aussitôt érigé, à même la cour, des panneaux de bois en forme d'enceinte circulaire. Les plus jeunes d'entre nous observaient les manœuvres avec curiosité.

Isidore est passé en trombe auprès de moi et, sans freiner sa course, il a crié :

— Dépêche-toi ! Viens aider ! Cet hiver, on aura du hockey !

Et j'ai détalé à sa suite.

Nous étions des dizaines à tenir les planches, à passer les marteaux et les clous, à rire et à commenter le travail. Notre excitation venait en outre de l'annonce qu'un nouveau religieux devait se joindre à l'équipe d'enseignants. Frère Rolland n'avait pas encore mis les pieds dans l'établissement que, déjà, il était une idole. Non seulement il nous entrainerait au hockey, mais, en plus, il arrivait précédé de toute une réputation ! En effet, il avait joué son hockey junior au côté de nul autre que le Rocket : Maurice Richard ! C'était plus de dix ans auparavant, mais le simple fait de voir le nom de notre futur instructeur associé à cette légende faisait de lui – et de chacun de nous, par la même occasion – une vedette. Nous imaginions déjà nos noms prononcés par René Lecavalier à la Soirée du hockey :

— Papatie qui détale, se défait d'un adversaire, remet le disque à Ottawa, qui file en territoire du Boston, cherche un coéquipier, Awashish se démarque, il reçoit la rondelle du bâton d'Ottawa, le voici seul devant le gardien, il lance ET COMPTE !

Chaque jour, nous espérions un peu plus de froid et nous craignions le dégel autant que les tentations du Diable.

Et le soir est venu.

Nous étions au réfectoire à terminer notre repas – sans doute ce spaghetti trop cuit avec sa sauce claire et sans saveur – quand le frère Bastien est entré tout souriant dans la pièce. Il a claqué des mains et s'est exclamé :

— Les garçons, terminez votre assiette, mettez votre manteau et sortez dans la cour, c'est l'heure des présentations !

Il n'a pas eu besoin d'en dire plus, nous savions tous de quoi il retournait.

Les regards se sont illuminés, les fourchettes se sont mises à tinter au creux des assiettes. Quelques instants plus tard, une foule de garçons excités et bruyants se bousculaient pour être le premier à la patinoire. Comme j'étais petit, je n'ai pas vu tout de suite le spectacle qui se déroulait sur la glace. Je n'entendais que le son des lames sur la surface. Mais à force de jouer du coude, j'ai réussi à me faufiler près de la bande. Ce que j'y ai vu relevait de la magie.

L'homme qui s'activait dans l'arène était un géant. Il portait un tricot de laine beige et, posée sur sa tête comme une couronne de laurier, une tuque en laine aux couleurs du Tricolore. Il filait comme le vent. À chaque poussée, la lame de ses patins s'enfonçait dans la glace, qui craquait sous l'impulsion. Il maniait la rondelle avec une aisance si naturelle qu'on aurait pu croire que le bâton était un membre de plus à son corps. Il a fait un tour ou deux devant nous, puis il a décoché un tir si puissant dans la partie supérieure du filet que nous avons tous poussé un cri d'admiration. Puis il a freiné avec tant de force qu'un nuage de cristaux de glace s'est élevé à hauteur d'homme. Il est resté là, entouré de paillettes glacées en suspension dans l'air qui scintillaient comme autant de lucioles dans la lumière des projecteurs. Nous nous sommes mis à applaudir et à crier, c'était plus fort que nous. Il s'est avancé vers la petite foule que nous formions et a demandé :

— Alors, les gars, quand est-ce qu'on commence ?

Le personnel du pensionnat s'était approché derrière nous avec des caisses de patins, de gants et de bâtons. Un à un, nous avons choisi les pièces d'équipement qui nous seyaient le mieux et nous nous sommes élancés, pêlemêle, en clopinant sur la glace. Nous tombions à tout bout de champ, mais nous faisions fi de nos meurtrissures. Le moment était magique, c'était tout ce qui comptait.

* * *

Les journées défilaient à la vitesse grand V. En classe de français ou de mathématiques, je m'appliquais en songeant au temps que j'irais passer sur la patinoire en compagnie du frère Rolland. À l'heure de la prière, je demandais au Seigneur de m'aider à réaliser de nouvelles feintes ou à maitriser l'art du virage en croisé sur la gauche. Lui qui avait marché sur l'eau et multiplié les pains… J'étais certain qu'Il gardait quelques trucs de sport dans Sa manche !

Je n'étais pas très bon, mais je m'améliorais chaque jour. Surtout, j'avais du plaisir. Un plaisir que je partageais avec ma famille chaque soir en glissant la main entre le matelas et le sommier. Du bout des doigts, je communiquais ma joie au morceau de bois sculpté par mon père.

Or, un soir où je n'ai pas fait attention, le frère Bastien m'a surpris. J'étais couché à plat ventre sous les couvertures et, les yeux fermés, je souriais en murmurant mon bonheur. Le surveillant s'était approché sans que je l'entende venir. Comme j'avais les paupières closes, je n'avais pas vu le rayon de sa lampe de poche.

— Siméon Awashish ! Qu'est-ce que vous faites là ?

Sa voix m'a surpris et je me suis redressé d'un trait, comme si j'avais été surpris à commettre une faute grave. J'étais en panique.

— Euh, rien, frère Bastien…

— Vous êtes bien certain? On dirait que votre voix tremble. Essaieriez-vous de me cacher quelque chose?

— Euh, non…

— Très bien, puisque vous ne me cachez rien, vous allez vous lever et vous tenir debout à côté de votre lit.

Je me suis levé.

Autour, tous les pensionnaires du dortoir nous fixaient. J'étais rouge de honte. Terrorisé à l'idée qu'on découvre ma cachette.

— Maintenant, vous allez enlever les couvertures de votre lit, jeune homme.

J'ai fermé les yeux. Pris une grande respiration. Me suis exécuté.

J'avais chaud et je sentais mes joues s'empourprer.

Frère Bastien a inspecté mes draps un à un et me les a remis, suspicieux.

— Très bien, refaites votre lit maintenant. Vous cesserez de marmonner, c'est l'heure de dormir.

Ouf! Je l'avais échappé belle!

Il s'est éloigné de quelques pas alors que je commençais à installer le drap contour sur le matelas. Puis il s'est retourné et a braqué le faisceau de sa lampe dans ma direction, ce qui m'a fait sursauter. Ce faisant, j'ai tiré un peu trop sur le tissu et, par mégarde, j'ai déplacé un coin du matelas…

— Je me suis dit que vous auriez peut-être besoin de lumière pour… Mais… qu'est-ce que je vois là ?

… et j'ai découvert le trésor enfoui dans mon lit.

J'ai saisi l'oie de bois en vitesse, comme si dérober l'objet à la vue du surveillant revenait à l'effacer de sa mémoire.

— Qu'est-ce que vous cachez, Siméon Awashish ?

— Rien.

— Ne me prenez pas pour un imbécile. J'ai bien vu qu'il y avait quelque chose sous votre matelas. Donnez-le-moi tout de suite !

— Non.

Des larmes se sont mises à couler sur mes joues. Je serrais l'oiseau de bois à deux mains sur ma poitrine.

— Vous allez me remettre cette chose sur-le-champ ou alors vous devrez en répondre devant le directeur. Qu'est-ce que c'est ?

— Rien.

— Ne mentez pas ! Mentir est un péché, une faute grave qui n'échappe pas au Bon Dieu ! Dites-moi ce que c'est et donnez-le-moi, sinon je vais devoir vous l'enlever de force.

— Non.

— Très bien. Vous l'aurez voulu. Vous allez me suivre chez le directeur.

Là-dessus, il m'a saisi par l'oreille et m'a tiré derrière lui au vu et au su des nombreux enfants assis sur leurs lits qui observaient la scène.

En silence.

Terrifiés.

* * *

— Il va falloir que tu nous montres ce que tu caches, Siméon.

Il n'en était pas question. Malgré la douleur que j'avais à l'oreille et la présence des deux hommes en noir dans la pièce, j'étais décidé à ne pas leur livrer l'oie de bois que mon père avait sculptée pour moi. Au péril de ma vie, je respecterais ma promesse.

— Siméon... Si tu ne nous montres pas ce que tu tiens dans tes mains, nous devrons te le prendre de force. Nous sommes deux et tu es seul. Nous sommes grands et tu es tout petit. Tu sais que tu n'as aucune chance.

Je demeurais là, les deux mains contre la poitrine. Stoïque, je soutenais leur regard sans broncher.

— Très bien. Si je comprends, a continué le directeur, tu refuses de collaborer. Tu sais que c'est une faute grave. L'autorité ici, c'est nous. Je ne sais pas comment on t'a élevé, mais nous sommes décidés à te montrer les bonnes manières. Je te laisse une dernière chance.

Il s'est levé, a contourné le grand bureau de bois verni derrière lequel il était assis et s'est approché de moi. Il m'a tendu la main.

— Donne-moi l'objet que tu caches dans tes mains. T'obstiner nous forcera à te punir, Siméon. Est-ce que tu comprends bien ce que je dis ?

J'ai fait oui de la tête.

— Alors, donne-le-moi, cet objet. Ça n'en vaut pas la peine.

J'ai fait non.

— Très bien. Tu as fait ton choix. Frère Bastien, tenez cet enfant, je m'occupe du reste.

Le surveillant du dortoir m'a aussitôt saisi par les épaules. Le directeur a fait de même avec mes mains et a tiré d'un coup sec. Malgré toute la force que je possédais, je n'ai pas su résister. Et j'ai senti mon oie glisser entre mes doigts.

J'aurais aimé qu'elle s'envole pour le Sud et qu'elle y passe l'hiver loin des regards. Au moins, j'aurais eu la certitude de la voir revenir au printemps. Mais au lieu de ça, elle est tombée sur le plancher. Et le directeur l'a cueillie.

Il est demeuré penché devant moi, les yeux à la hauteur des miens. Puis, il a placé la statuette, qu'il faisait tourner entre le pouce et l'index, entre nos deux visages.

— Grand Dieu, Siméon... tout ce cirque pour un vulgaire fétiche ! Qu'est-ce qu'on a bien pu te mettre dans la tête pour que tu prennes des décisions aussi insensées ?

Il s'est redressé en parlant et s'est dirigé à son bureau. Là, il a ouvert un tiroir, y a lancé l'oie et l'a refermé bruyamment.

— Frère Bastien, ramenez ce garçon à son lit, je vous informerai de la suite des choses.

* * *

— Siméon, qu'est-ce qui s'est passé hier soir ?

Les garçons qui avaient été témoins de mon... Comment dire... Méfait ? Non, je n'avais rien fait. Altercation ? Non plus. Je n'avais rien dit, n'avais rien fait. Tout de même, ceux qui avaient assisté à ce qui s'était passé la veille me pressaient de questions, à la fois curieux et terrorisés. Avais-je été battu ? M'avait-on... fait des choses ?

— Est-ce qu'ils t'ont fait mal, dis-nous, que s'est-il passé ?

Je me taisais. Je ne voulais pas répondre à leurs interrogatoires de gamins. Je n'avais qu'une préoccupation: retrouver la bernache emprisonnée dans le bureau du directeur. Je me fichais bien des conséquences et de tout ce qui pourrait m'arriver, je devais récupérer la statuette que j'avais promis de garder coute que coute avec moi.

La journée a fini par passer sans qu'on me mette au courant de la punition qu'on me réservait. Mais quand je me suis rendu à la patinoire avec les autres, le frère Rolland m'a informé que je ne jouerais pas au hockey ce soir-là. Ni les autres, d'ailleurs. En fait, je serais privé de sport pour un mois. Ça me ferait rater le tournoi que notre équipe devait disputer en ville contre les autres équipes des environs. Au lieu de passer du temps à la patinoire, je devais me rendre en salle d'étude.

J'ai usé des crayons par dizaines sur ces feuilles blanches qui s'accumulaient en piles sur mon pupitre comme les bancs de neige dans la cour. Mes amis patinaient avec le frère Rolland. Moi, j'écrivais, épié par l'œil autoritaire du directeur. « La répétition est mère de l'apprentissage », qu'il disait.

Je me souviens encore des phrases que j'ai dû copier un milliard de fois :

Le Seigneur est mon berger :
je ne manque de rien.

Sur des prés d'herbe fraiche,
Il me fait reposer.

Il me mène vers les eaux tranquilles
et me fait revivre ;

Il me conduit par le juste chemin
pour l'honneur de Son nom.

J'étais triste et jaloux des autres. Je rageais contre l'injustice dont j'étais victime. Ma punition était démesurée, j'en avais conscience. Cette oie de bois n'avait aucune valeur outre celle qu'on lui accordait, mon père et moi. Elle ne dérangeait personne. Un objet inoffensif qui avait passé des mois niché au cœur de ma couche sans que personne s'en aperçoive…

* * *

Je ne rêvais plus. Je ne dormais plus. Je passais des nuits entières à scruter l'obscurité, à y chercher une lueur d'espoir. Mais il s'était envolé, l'espoir. Parti avec ce minuscule oiseau de bois.

Je comptais les rondes du frère Bastien, faisais la liste des endroits où il s'attardait, notait dans ma tête les moments où il s'assoupissait. Bref, je commençais à tout connaitre de ses allées et venues.

Sans que je m'en aperçoive, une idée s'était nichée dans ma tête: je me suis mis à imaginer des plans pour récupérer l'outarde prisonnière du tiroir du directeur.

* * *

Le soleil a disparu derrière les collines. Le ciel revêt une couleur bleu profond. Déjà, Vénus scintille, mais ce n'est pas encore la nuit. Dans l'air qui fraichit au-dessus du lac, des oiseaux par dizaines décrivent des arcs rapides l'un à la suite de l'autre, comme des enfants jouant à se poursuivre dans la cour de l'école.

— Tu as vu, *nimocom* !

— Oui, Niska. Ce sont des engoulevents qui pourchassent les insectes. Ils font ça tous les soirs, tant qu'ils ont de quoi se nourrir.

— Ils vivent la nuit comme les hiboux ?

— C'est ça. Mais laisse-moi continuer mon histoire.

— Ils sont tout noirs ?

— Je ne sais pas. Je n'en ai jamais vu de près. Mais dans le ciel, ils ont l'air noirs, c'est certain.

— Je n'aime pas les oiseaux noirs. Ils me font penser à des corbeaux. Et ils sont cruels, les corbeaux : ils mangent des animaux morts, c'est dégoutant.

— C'est vrai. Ils n'ont rien pour attirer la sympathie sous leurs habits noirs…

— Tu veux dire « leurs plumes »…

— …

— *Nimocom !* Les corbeaux, ils ne portent pas d'habits !

— Tu as raison, Niska. Ils ne portent pas de vêtements. Je parle de leurs plumes.

* * *

Le faisceau de la lampe du frère Bastien balayait la dernière rangée du dortoir. Sa tournée tirait à sa fin. Il ne resterait que quelques minutes avant d'entendre craquer le grand fauteuil où il aimait s'asseoir. Le silence était complet ou presque: seul le tictac de l'horloge au mur marquait les secondes qui s'égrenaient.

La lampe du surveillant s'était éteinte, plongeant la salle dans une obscurité à peine altérée par les rayons de la lune s'infiltrant par les fenêtres.

Je comptais les secondes comme d'autres comptent les moutons. Mais le sommeil ne venait pas.

En contretemps du mouvement du pendule, les ronflements paisibles du religieux sont venus se joindre au rythme de la nuit. Je m'imaginais le genre de pièce musicale qu'on aurait pu composer à partir de ces sons, de cette ambiance tranquille. Là, le son feutré d'un hautbois ou d'une clarinette; ici, le vibrato d'un violoncelle... Puis, le tintement aigu du triangle...

Du triangle ?

Un cliquetis métallique venait de retentir dans la salle assoupie. Qu'est-ce que ça pouvait bien être ?

Les ronflements ont cessé un instant, comme surpris par ce son inattendu. Puis ils ont repris. Rien n'avait changé. La lampe torche était demeurée éteinte. Le frère Bastien ne s'était pas réveillé.

Mais quel était ce son ?

Un verre qui se brise ?

Certainement pas !

La lampe qui vacille et qui tombe ?

Non plus, je l'aurais entendue rouler comme le bruit sourd des timbales.

Puis, j'ai trouvé : le trousseau contenant les clés du dortoir, du réfectoire, de la cantine, des douches… du bureau du directeur avait dû glisser de ses doigts !

Étais-je le seul à en avoir connaissance ? D'autres que moi avaient-ils ouvert les paupières ? Je l'ignorais, mais une chose était certaine, il s'agissait bel et bien de ma chance de récupérer l'outarde de mon père. L'opération s'avèrerait des plus simples : me déplacer à pas de loup et m'emparer des clés et de la lampe. Une fois le trousseau subtilisé, ouvrir, puis refermer la porte du dortoir. Ensuite, j'aurais tout le loisir de me diriger vers le bureau pour délivrer l'oiseau prisonnier. Il me faudrait cependant faire vite, car le surveillant avait le sommeil léger et ses siestes nocturnes ne duraient jamais bien longtemps.

Malgré le risque, le jeu en valait la chandelle.

Je suis donc sorti de mon lit et, avec précaution, je me suis rendu près du religieux assoupi. Le plancher de bois était frais sous mes pieds nus et le tissu léger de mon pyjama me permettait de me déplacer en silence. Le décor était fait de silhouettes noires sur fond gris.

La première étape de ma mission était réussie : je me trouvais à deux doigts du frère Bastien. J'étais si près que je pouvais sentir son haleine. Malgré ma nervosité, je m'efforçais de contrôler ma respiration afin de ne pas trahir ma présence. J'ai fléchi les genoux et, à tâtons, du bout de doigts, j'ai parcouru le plancher à la recherche des clés. Rapidement, j'ai senti le contact du métal.

J'ai saisi le trousseau par l'arceau et, avec une infinie lenteur, je l'ai soulevé. Sans un bruit. J'ai répété l'exercice pour subtiliser la lampe. Celle-ci avait roulé sur la gauche.

J'ai repris ma démarche furtive en direction de la porte. Encore une fois, lenteur et discrétion; il ne fallait pas faire grincer les gonds!

Quelques instants plus tard, j'étais dans le corridor.

J'ai allumé la lampe torche.

Devant moi, le bois verni luisait de jaune et l'ombre noire des crucifix suspendus aux murs comme des bornes kilométriques s'étirait sur le plâtre blanc.

J'ai parcouru le couloir sur la pointe des pieds. Un peu plus loin, sur la gauche, s'ouvrait un second passage, celui qui menait à ma destination.

Cette seconde allée reliait les voies menant au dortoir et à la grande salle où on servait les repas. La serrure où je m'affairais était située à mi-chemin entre les deux. La porte, bien sûr, était verrouillée. Mais je détenais les clés de toutes les pièces du pensionnat! Il me suffisait de faire jouer la bonne pour que s'ouvre devant moi le cachot et que je libère l'oiseau captif. Les trois premières n'avaient pas connu de succès et ma nervosité augmentait chaque fois que j'en essayais une nouvelle. Chaque changement de clé entrainait un cliquetis métallique qui se répercutait contre les murs. J'avais peur d'être pris et je comptais les secondes dans ma tête. Le temps devenait un facteur. Je devais faire vite, il fallait que je sois de retour dans mon lit avant le réveil du surveillant. Plus important encore, les clés et la lampe devaient impérativement être replacées là où je les avais prises afin de ne pas éveiller les soupçons. Bref, chaque minute comptait et à chaque échec, je sentais mon cœur battre un peu plus fort dans ma poitrine.

Soudain, j'ai inséré une grosse clé en laiton dans le barillet de la serrure et, sans aucune résistance, celui-ci a tourné. J'ai poussé la poignée et me suis introduit dans la pièce vide. J'ai refermé derrière moi. J'ai ouvert le tiroir du haut à gauche et elle était là. Elle semblait dorée sur les feuilles blanches qui couvraient le fond du tiroir : l'oie magique, la bernache sacrée, l'outarde que j'étais venu récupérer. Je suis demeuré immobile, à l'observer. Le temps, pour un moment, s'était suspendu.

Mais la réalité suivait son cours.

J'ai saisi l'oiseau sculpté et j'ai refermé le tiroir. Puis la porte du bureau du directeur.

Toujours sur la pointe des pieds, j'ai regagné le couloir menant au dortoir. Là, j'ai tourné à droite.

Dans un grésillement aussi inattendu que terrifiant, toutes les lumières du plafond se sont allumées. Mes sens se sont figés, j'étais tétanisé. J'ai protégé mes yeux de la lumière. J'ai laissé tomber les clés. Après les secondes nécessaires à m'habituer à cette brutale clarté, j'ai compris ce qui venait de se produire : au bout du corridor, se tenant droit devant la porte du dortoir dans son habit noir, le frère Bastien me fixait d'un air menaçant.

Toute tentative de fuite était inutile.

* * *

Nous avons attendu le réveil du frère directeur en silence, le surveillant et moi assis droit sur les chaises destinées aux visiteurs de l'établissement. Comme personne n'était jamais reçu dans ce bureau, à part bien entendu les pensionnaires qui s'exposaient à des mesures disciplinaires, les sièges vernis n'avaient rien perdu de leur lustre. La bernache sculptée avait été déposée bien en vue au centre du bureau, blancheur immaculée sur le bois sombre.

Et nous attendions. Moi, terrorisé. Lui, inquiet de m'avoir laissé m'échapper. Tous deux dans l'attente des conséquences de nos gestes.

Puis le directeur est apparu.

Nous nous sommes levés d'un trait.

Une fois sa surprise passée, il s'est assis et s'est enquis de notre présence.

Le frère Bastien a donné sa version, j'ai donné la mienne et le directeur a fait :

— Hum… très bien.

Il s'est levé et a saisi la Bible qui trônait dans la bibliothèque derrière lui.

Il me l'a tendue.

— Monsieur Awashish, vous allez lire pour moi un passage: *Proverbes*, chapitre XII, versets 1 et 2.

J'ai tourné les pages de papier fin avec précaution. Mon esprit cavalait dans tous les sens, angoissé de découvrir les mots que je devrais prononcer. Quand je suis arrivé sur le passage en question, j'ai lu d'une voix chevrotante:

— *Celui qui aime la correction aime la science; celui qui hait la réprimande est stupide. L'homme de bien obtient la faveur de l'Éternel, mais l'Éternel condamne celui qui est plein de malice.*

Chaque mot que je prononçais faisait grandir en moi la frayeur d'oisillon que je ressentais depuis le moment où s'étaient allumées les lumières du corridor. Pendant que je lisais, le directeur était venu s'assoir sur le coin de son bureau, avait pris délicatement la petite outarde de bois et, la faisant tourner entre ses doigts, ne l'avait pas quittée des yeux. Il m'écoutait pourtant. Avec une attention lourde.

— Vous avez une belle qualité en lecture, jeune homme. Dommage que vous n'ayez pas le même talent pour l'obéissance... Pourriez-vous m'expliquer le sens profond de ce passage que vous venez de lire ?

— Ça dit que celui qui est intelligent comprend qu'il est juste d'être puni.

— C'est tout ?

— Non. On dit aussi que le Bon Dieu punit ceux qui agissent mal.

— Très bien. Et vous savez que le Seigneur, dans Son infinie Bonté, sait pardonner les fautes...

Dans mon esprit, une lueur d'espoir a brillé.

Il a continué.

— Mais comment conjuguer ces deux paroles ? Là est toute la question.

Il s'est levé. A dénoué la ceinture qu'il portait à la taille.

Mon espoir s'est éteint.

Il a ordonné :

— Frère Bastien, tendez-moi la main de ce garçon.

Le surveillant s'est levé à son tour et m'a saisi d'une main par le bras. De l'autre, il a attrapé mon poignet avec fermeté, il m'a contraint à étirer le bras vers le directeur. Celui-ci a fait le signe de la croix et a conclu :

— Vos péchés seront pardonnés, Siméon, il en va de la Volonté du Seigneur. Mais avant, vous devrez apprendre de votre punition.

* * *

Mes cris de douleur retentissaient chaque fois que la ceinture du directeur s'abattait sur ma main. Le son de ma voix se réverbérait sur les murs du pensionnat, jusqu'aux oreilles des autres garçons, qui faisaient la queue pour obtenir leur petit déjeuner et faisaient semblant de ne rien entendre. Les marques rouges superposées sur ma peau me faisaient maudire mes parents, qui m'avaient livré tout menu en proie à ces urubus ensoutanés. Je détestais ma mère et ses fausses promesses au bord de la plage, rageais contre mon père et ses stupides oies de bois. Mais j'ignorais que, peut-être le même jour, une autoneige peinte aux couleurs de la police provinciale avait parcouru la forêt et ses lacs gelés jusqu'au village, que des agents en étaient sortis et que, escortés par le curé Beauchemin, ils s'étaient rendus jusqu'au cabanon derrière la maison familiale pour en extirper mon père de force. Au vu et au su de tous les habitants du village, il avait été battu – répandant dans la neige des copeaux de bois accrochés à ses vêtements – et menotté. Humilié.

À l'époque, on ne s'attaquait pas à un curé.

Une fois mon supplice enduré, le frère Bastien et le directeur m'ont escorté au sous-sol du bâtiment jusque dans la salle des fournaises. Là, le directeur a demandé au surveillant d'ouvrir la porte d'un des fourneaux, puis il m'a remis la statuette de bois par où toute cette histoire avait commencé et m'a ordonné de la jeter au feu.

Je me suis exécuté. Et j'ai observé, non sans une forme étrange et honteuse de soulagement, les flammes la consumer.

Mon père, quant à lui, avait passé les restes de l'hiver au fond d'une cellule. Sans l'ombre d'un procès, il avait dû y attendre le dégel et le retour des outardes afin qu'un hydravion vienne se poser sur le lac et le dépose sur la plage.

Personne ne lui a demandé ce qui s'était passé en ville ni les raisons de son arrestation. Et lui, il a gardé le silence. Comme à son habitude.

Au pensionnat aussi nous gardions le silence, notre peur des supplices se terrant dans le mutisme et la honte.

* * *

Le reste de mon enfance n'a été qu'une suite de déceptions et d'allers-retours entre le pensionnat et le village. Chaque été, je découvrais mes parents un peu plus usés. Je revenais les mains vides. Mon père avait appris à ne plus rien espérer de moi. Une fois ma valise déposée sur le pas de la maison, il s'enfermait dans son cabanon pour n'en ressortir que le jour de mon départ.

Ma mère ne savait plus quoi me dire, alors elle se taisait. Et moi, au quotidien, j'attendais simplement que le temps passe. Et il passait, le temps. Lentement. Sans espoir.

Cotoro a fait son entrée au pensionnat des filles l'année où je suis passé des *petits* aux *moyens*[13]. Là, je continuais à apprendre des absurdités sans jamais me demander à quoi cela me servirait.

Je n'ai pas été battu à répétition. Non, ç'aurait été inutile. J'étais déjà complètement brisé et servile. Je n'étais plus personne. Une coquille vide qu'on essayait de remplir. Un être creux désireux de plaire, mais convaincu d'être condamné à décevoir.

Au quotidien, je fonctionnais. Je faisais mon lit, apprenais mes leçons, faisais mes prières. L'été, j'aidais ma mère et mon père, les rares fois où il osait se montrer le nez. Je fendais le bois, arrangeais occasionnellement les poissons au retour de la pêche. Mais personne ne m'a enseigné la chasse ou la trappe.

---

13. Dans les pensionnats autochtones, les élèves étaient divisés en trois groupes d'âge : les petits, les moyens et les grands.

Je ne savais pas reconnaitre la piste d'un orignal, je confondais la trace du chien et celle du loup. Et mon père soulignait avec cynisme mon manque de connaissance des choses les plus rudimentaires.

Je me rappelle un jour où nous nous sommes disputés, lui et moi. Je devais avoir quatorze ou quinze ans. Je ne me souviens plus de l'origine de notre altercation, mais je m'entends encore lui crier, en franchissant la porte de la maison :

— C'est ça, je ne suis pas ton fils et tu n'es pas mon père ! C'est comme ça ! Alors, puisque c'est ce que tu veux, je pars !

— Et tu vas aller où ? Tu ne sais même pas monter une tente !

Ces mots ont lacéré mon âme comme les crocs du lynx dans la chair du lièvre. Comme eux, ils étaient faits pour blesser. Assassins. Brutaux. Impitoyables. Le coup a porté dans mon être, mais c'est ma mère qu'il a dévastée. Je la vois encore hurler sa peine, les mains dans les cheveux, des larmes déferlant sur ses joues, nous criant à nous deux de nous taire. Cet échange, je le garde dans mon cœur comme la pire des blessures.

Chaque automne, avant que je monte dans l'autobus, il continuait tout de même à me remettre un oiseau sculpté. Dès les premiers tours de roue, je le lançais par la fenêtre.

Je n'étais plus chez moi. Nulle part.

* * *

Il arrivait que je croise Cotoro lors d'activités spéciales organisées par le personnel du pensionnat à l'occasion de l'une ou l'autre des fêtes du calendrier religieux. Autrement, je ne la voyais que l'été.

Je me souviens d'une discussion que nous avons eue. Nous étions assis sur notre pierre au bord de l'eau. La soirée était fraiche et il ventait. Je devais avoir seize ans et Marie-Alice environ quatorze, peut-être quinze.

— Est-ce qu'elle était belle ?

Je t'ai déjà dit qu'elle était presque aussi belle que toi.

— Oui, mais là, elle était devenue grande ! Est-ce qu'elle a gardé sa beauté en grandissant ?

Oh oui, qu'elle était belle, Niska ! Tout en elle était beau. Son sourire, le son de sa voix, sa façon de marcher. Mais elle était une enfant dans un corps de femme. Elle avait la fragilité d'une fleur de bleuet cueillie avant même qu'elle ne donne de fruit.

— Que veux-tu dire, *nimocom* ?

Pas grand-chose. Rien que tu ne puisses comprendre à ton âge. Et le temps manque, pour tout dire. J'y reviendrai peut-être une autre fois, quand tu seras plus grande.

— Mais je suis grande ! Pourquoi ris-tu ?

Je ne ris pas, Niska. En fait, je souris parce que c'est vrai que tu es grande dans ta robe de princesse. Une grande dame, fière et juste. Mais pourtant, tu es toute petite et il te reste encore bien des choses à apprendre.

Puisque tu veux tout savoir…

Nous étions assis, elle et moi sur une pierre à regarder le soir qui avançait.

Je devais avoir une branche sèche dans les mains et en casser les rameaux. Nous discutions de tout et de rien, comme le font les jeunes avant d'apprendre à se taire. Pour une rare fois, j'étais bien. Je me sentais entier auprès d'elle.

— Siméon, pourquoi tu ne joues pas au hockey avec les autres garçons du pensionnat ?

— Je ne sais pas. Je ne suis pas certain d'aimer ça. D'ailleurs, je n'ai patiné que quelques fois et je n'étais pas très habile…

C'est alors qu'elle s'est mise à me parler du frère Rolland – qu'elle appelait simplement Rolland – et à me dire qu'il était un bon entraineur et qu'il saurait m'aider à m'améliorer. Avec lui, peut-être, je deviendrais bon.

J'ai compris qu'elle n'avait parlé de moi que pour parler de lui. Dans ses yeux, au fur et à mesure qu'elle s'exprimait, je voyais naitre des étoiles par dizaines.

Elle était amoureuse, c'était clair. Et d'un homme en soutane !

Parce que c'est le propre des mélancoliques de ne pas voir la vraie couleur de ce qui les entoure, je n'avais pas réalisé avant ce soir-là que, moi aussi, j'étais amoureux. Depuis combien de temps ? Peut-être depuis toujours. Je l'écoutais parler sans broncher. Elle ne réalisait pas que, chaque fois qu'elle prononçait son nom, elle déchirait ce qui me restait d'amour propre… Comme j'aurais aimé qu'elle me nomme moi au lieu de lui ! J'avais beau lui dire qu'il était comme les autres, qu'il avait fait vœu de chasteté, qu'il était de l'autre côté de… bref, que tout chez lui était différent de nous !

J'ai passé l'été à balancer entre la joie de la côtoyer et la peine de savoir son cœur épris d'un autre. Même si j'étais convaincu que ses sentiments pour l'entraineur étaient vains, j'ignorais le moyen de lui faire part des miens. Ce n'est pas mon père qui m'aurait renseigné sur le sujet… Et j'étais gêné de déranger ma mère avec ces considérations.

Cette année-là, à la fin du mois d'aout, l'autobus qui nous ramenait au pensionnat a dû s'arrêter souvent. Marie-Alice était prise de vomissements réguliers. Elle disait que c'était le mal des transports.

À défaut d'autres explications, je l'ai crue. Que pouvais-je faire d'autre ?

* * *

Les drames se sont enchainés. À commencer par l'absence du frère Rolland. Dès le mois de septembre, l'entraineur était au centre des préoccupations des pensionnaires. Chacun menait son enquête et cherchait à comprendre pourquoi il n'était pas à son poste. Pressée de questions, la direction a commencé par dire qu'il s'était engagé comme missionnaire dans un pays en développement et qu'il prêchait la Parole de Jésus-Christ aux démunis. Puis, on nous a raconté qu'il avait simplement été affecté à une nouvelle école. Devant ces versions contradictoires, nous y allions de nos propres interprétations. Certains croyaient qu'il avait été appelé par une équipe de la LNH ou qu'il trainait dans une obscure ligue mineure. D'autres prétendaient qu'il aurait manqué à son vœu de chasteté et qu'il aurait défroqué pour rejoindre la femme dont il était tombé amoureux. Pour ma part, j'avais une autre explication.

À Noël, les filles et les garçons avaient été réunis pour la composition d'une crèche vivante qui devait être présentée lors de la messe de minuit. Je trépignais d'impatience à l'idée de revoir le sourire de Cotoro. Mais lorsque l'autobus des filles s'est arrêté et que les passagères en sont sorties, j'avais beau chercher, je ne la voyais nulle part. Était-elle tombée malade ? Avait-elle fugué du pensionnat ?

J'ai couru trouver Isidore pour lui demander des nouvelles de sa sœur.

— Je ne sais pas trop où elle est. J'ai posé des questions, mais les réponses qu'on m'a données ne disent pas grand-chose. Elle m'a écrit une lettre où elle me disait qu'on l'avait envoyée à l'hôpital à cause de ses vomissements. Je n'ai pas eu de nouvelles d'elle depuis. Maintenant, il parait qu'elle est dans une nouvelle école. Mais je n'en sais pas davantage…

J'étais à la fois déçu et inquiet. Je mourais d'envie de la revoir, j'avais passé des soirées entières à me remémorer son sourire, ses rires, les promenades que nous faisions au bord de l'eau, nos discussions… pour en venir à la conclusion que, au fond, il en était peut-être mieux ainsi, au moins je ne la verrais pas attristée par l'absence du frère Rolland.

Soudain, tout m'est apparu limpide : son absence et celle de l'ex-joueur de hockey étaient liées. Les pièces du puzzle tombaient en place : la femme dont on parlait, c'était elle ! À quatorze ans, elle était tombée amoureuse de l'entraineur et lui, profitant de son autorité et de sa naïveté, l'avait séduite ! Ça tombait sous le sens ! Il avait usé de son charme, ils s'étaient vus en cachette, puis, un soir, à l'insu de tous, elle s'était laissé prendre au jeu. Il avait fallu faire preuve de subterfuges et d'une grande discrétion pour ne pas être pris. Peut-être y avait-il eu des fleurs et de la musique, des poèmes et des mots doux, des baisers sur la banquette de la voiture, des vêtements froissés, un hymen dérobé... Le temps a passé et les nausées sont apparues. On a envoyé la pensionnaire 217, aussi connue sous le nom de Marie-Alice Mattawa, à l'hôpital de la ville, où on a constaté l'avancée de sa grossesse. La nouvelle, malgré les nombreux efforts pour l'étouffer, risquait de se propager, alors on a réaffecté le prince charmant coupable du méfait et éloigné la jeune fille des gens qui la connaissaient, prétextant une maladie soudaine. Et surtout, on lui a interdit de communiquer avec sa famille. On devait sauver la face et conserver le secret.

Étouffer le scandale.

Cacher le criminel et se débarrasser de la victime.

Voilà.

J'étais dégouté, mais j'avais la certitude que mon explication était la bonne.

* * *

Toujours la même année, au dégel, plusieurs pensionnaires sont tombés malades. Une forte grippe avait affligé notre établissement et le virus s'était propagé à une vitesse étonnante. Je me souviens des religieux, malades eux aussi, qui multipliaient les soins à la population affaiblie. Sœur Anne, entre autres, faisait pitié à voir. En nage et en proie à des quintes de toux violentes, elle se démenait constamment et, mains gantées et masque sur la bouche, elle distribuait des cachets et des compresses d'eau fraiche.

Isidore était parmi les plus affectés par la maladie. Sa fièvre incontrôlable est devenue si forte qu'on a décidé de le transférer à l'hôpital de la ville. Là, les médecins ont diagnostiqué une méningite. Trois jours plus tard, on nous annonçait son décès.

Les frères, sous le choc, ont écrit une lettre à la famille pour les prévenir de la tragédie et pour les inviter aux obsèques, organisées la semaine suivante. Mais les embâcles, les chemins forestiers boueux et impraticables ont retardé son arrivée au village. La missive a atteint ses destinataires au moment où les bernaches étiraient leurs cortèges dans le ciel. Les parents, d'abord contents de recevoir des nouvelles du pensionnat, se sont empressés de décacheter l'enveloppe dans l'espoir d'y trouver les courbes et les traits inscrits sur le papier par l'un ou l'autre de leurs enfants. Ils ne savaient pas lire, les Mattawa – pas plus que mes parents, d'ailleurs – mais ils pouvaient identifier la signature de leurs enfants. Comme ils n'ont pas reconnu le nom au bas de la lettre, ils se sont doutés que quelque chose ne tournait pas rond. Ils se sont donc rendus chez le curé Beauchemin afin de connaitre son contenu. Dès que les premiers mots – « Nous avons le regret de vous annoncer que votre fils… » – ont été prononcés par le pasteur, le père et la mère se sont effondrés. Ils ont rassemblé ce qu'ils avaient d'économies, emprunté ce qu'il leur manquait et ont réservé une place sur l'hydravion de la Compagnie de la Baie d'Hudson qui devait partir quelques jours plus tard, si la météo le permettait. Bref, le temps qu'ils arrivent au pensionnat, le corps de leur fils ainé gisait anonyme sous un amas de terre surmonté d'une petite croix de bois.

Les obsèques avaient été célébrées sans eux.

C'est à ce moment qu'ils ont demandé des nouvelles de leur fille. Personne n'a pu les renseigner sur l'endroit où elle se trouvait. Ils ont eu beau questionner, mais leur français approximatif ne leur permettait ni d'acheminer des questions claires ni de comprendre les réponses évasives qu'on leur fournissait.

Ils sont donc rentrés chez eux sans avoir eu l'occasion de dire un dernier adieu à leur garçon et dans l'inquiétude dévorante d'ignorer le sort réservé à leur cadette.

* * *

À leur retour au village, le curé Beauchemin a convié tous les habitants à une grande messe pour commémorer la vie d'Isidore. Tout le monde était ému par la perte de ce garçon docile devenu jeune homme et que la maladie avait emporté. Par solidarité envers la famille, tous s'étaient déplacés pour l'occasion. Même mon père avait quitté son antre, secoué les copeaux de bois derrière ses épaules et pris place avec ma mère au milieu du tout dernier banc de la chapelle. Il y a eu le sermon, puis l'homélie. Quand les gens se sont levés et se sont mis en rangs à la fin de la célébration de l'eucharistie, mon père est sorti. De toute façon, on lui aurait refusé la communion.

* * *

La mort d'Isidore et la visite de ses parents avaient causé tout un émoi parmi les pensionnaires et le lit vide au milieu du dortoir nous rappelait le drame dont nous avions été les témoins impuissants.

Une morosité mélancolique que même les bourgeons annonçant le printemps ne pouvaient altérer planait au-dessus de l'établissement.

En classe, je n'arrivais plus à me concentrer. J'étais assailli de questions. Je me demandais, inquiet, si mes parents se seraient déplacés pour moi si j'avais connu le même sort que mon ami. J'inventais des destins à Cotoro quelque part aux États-Unis, seule à affronter les charges de la cavalerie yankee et tentant de protéger le bébé qu'elle tenait dans ses bras. Je l'imaginais errant dans les rues de Montréal, quêtant un bout de pain, brulant entre ses doigts des allumettes de bois afin de se réchauffer et espérant, enfin, que ses parents lui apparaissent et lui tendent la main pour l'entrainer dans un au-delà paisible, quelque chose comme le Paradis des chasseurs.

Parfois, je fixais un point invisible devant moi et laissais le vide prendre place dans ma tête.

C'est drôle, un souvenir de cette époque me vient à l'instant.

J'étais en classe, seul à mon pupitre. C'était un de ces nombreux moments d'inattention où j'entendais la voix du professeur – un frère dont j'ai oublié le nom – sans l'écouter. Les mots qu'il prononçait formaient un bruit de fond, un son d'ambiance, sorte de trame sonore où j'appliquais les images aléatoires de mes pensées.

Soudain, j'ai surpris une boule de poussière – peut-être était-ce une mousse de pollen ou un morceau de duvet – qui flottait dans la lumière comme pour enluminer mon ennui. Le temps s'étirait, triste et morne, mais tout de suite elle a captivé mon attention. Elle était là, blanche et lumineuse entre le ciel et la terre, ni plume ni neige, mais s'était présentée à mon regard l'air de dire : « Attrape-moi si tu peux. »

Je l'ai suivie des yeux. Elle avait l'air joyeux, on aurait cru une fée. Une fée comme tu les aimes, Niska.

Je me suis mis à la pourchasser du pouce et de l'index, essayant de la saisir comme on capture les papillons. Mais chaque fois que mes doigts se refermaient l'un sur l'autre, elle s'esquivait de côté.

Je n'avais pas ressenti cet émerveillement enfantin depuis la période où nous parcourions en famille le *kitaskino*. Cette fée de poussière réveillait en moi celui que j'avais été.

Pour un instant, je n'étais plus Siméon, je redevenais Pirecic.

Le bois des meubles et des murs autour avait repris vie et s'était mis à bourgeonner. Mon pupitre s'était drapé de mousse fraiche, le plancher couvert de fougères. J'ai pincé une fois puis une autre dans l'air. Chaque fois, l'insecte-poussière s'est enfui, insaisissable.

Et une ombre a effacé le rayon lumineux, théâtre de mon jeu.

C'était l'instituteur.

— Revenez parmi nous, vous errez, monsieur Awashish.

Autour de moi, le décor avait repris son visage austère. La leçon pouvait reprendre.

Mais ce jour-là, j'ai compris que c'est dans l'infiniment petit que réside l'infiniment grand. Et j'apprends en te le disant que tu as raison de croire aux fées.

* * *

Je n'ai revu Cotoro qu'une fois, c'était l'été précédent mon dernier départ pour le pensionnat. Elle n'était pas rentrée au village depuis sa disparition deux ans plus tôt, du moins, je ne l'y avais jamais croisée. Le temps et la distance avaient effacé sa trace de mon quotidien et l'avaient reléguée aux confins de ma mémoire.

Ce jour-là, je me baladais seul, sans trop savoir où j'allais ni que faire. Elle était assise sur le perron de la maison de ses parents. En passant devant elle, je ne l'ai d'abord pas reconnue. Le menton déposé sur ses poings fermés et les coudes sur les genoux, ses yeux voilés par ses cheveux, elle semblait chercher quelque mystère inscrit dans le sable. Elle n'a pas réagi à mon passage; peut-être aurait-elle préféré que je ne la reconnaisse pas? Mais j'ai fini par comprendre qu'il s'agissait bel et bien d'elle et je m'en suis approché. Elle a levé les yeux vers moi.

— Bonjour, Marie-Alice.

Elle ne m'a pas répondu.

J'ai continué:

— Ça fait longtemps que je ne t'ai pas vue et je me demandais ce qui t'était arrivé.

Les yeux sombres qu'elle levait vers moi étaient éteints. Dans mon souvenir, des lucioles brillaient sur le noir de ses prunelles et on y percevait une joie de vivre qui donnait envie d'y passer des heures. Ces yeux-là, j'avais beau les chercher, n'occupaient plus ses orbites. Ceux-ci étaient fades, noirs et vides.

— Tu sais, je t'ai cherchée partout. Je me suis fait du mauvais sang. Je me demandais ce qui t'arrivait. Même ton frère l'ignorait.

— Mon frère est mort là-bas. Ils l'ont enterré. Personne n'était là. Ni moi ni mes parents.

Je me suis approché un peu plus d'elle. Elle ne disait toujours rien. Je l'avais connue bavarde et enjouée… Qu'était-elle devenue ?

— Tu te souviens de la dernière fois que nous nous sommes parlé ? Au bord de l'eau sur la grosse roche ? Tu me racontais…

— Ils m'ont volé mon bébé, Pirecic.

— Quoi ?

— Je suis tombée enceinte et ils m'ont forcée à donner mon fils en adoption... Je n'ai même pas pu le serrer une fois contre moi !

Elle avait parlé en serrant les dents. Sa mâchoire crispée tentait en vain de retenir sa colère et des sanglots étranglaient sa voix.

Ses paroles avaient allumé en moi un feu que je ne connaissais pas. J'étais révolté. À seize ans, elle avait connu le déracinement, la grossesse et le deuil d'un enfant ! Et tout ça avant même d'avoir atteint la majorité ! Comment et au nom de quoi cela était-il possible ?

— C'était le frère Rolland ?

Elle n'a pas répondu, elle a plutôt scellé ses lèvres et retenu ses larmes.

Elle avait été une enfant joyeuse, elle était une adolescente démolie.

Détruite.

En ruine.

Entre les deux, que s'était-il passé ?

La réponse s'imposait: on l'avait envoyée au pensionnat. C'est là qu'on avait creusé le trou dans son âme où ce simulacre d'amour était venu se loger. C'est là où l'enfant qu'on allait lui dérober avait pris racine.

J'avais connu Cotoro, je me tenais devant Marie-Alice, bras ballants et bouche ouverte. Sans mots. Mais dans sa vie, je voyais également la mienne. Nous n'avions pas les mêmes souffrances, mais la cause en était la même.

La faute à qui ?

J'ai pris congé d'elle sans même lui dire au revoir. Et je me suis dirigé vers la maison familiale. J'étais assailli de questions qui se bousculaient dans ma tête. Pourquoi mes parents m'avaient-ils imposé ça ? Pourquoi n'avaient-ils rien fait pour me protéger ? Pourquoi ? Les interrogations se succédaient au même rythme que mes pas et, maintenant, je courais. La colère m'habitait, j'avais l'écume aux lèvres.

Je suis entré dans la cuisine avec fracas.

Ma mère a sursauté.

— Tu es un monstre ! Pas une mère, un monstre !

Elle me dévisageait, terrorisée.

— Tu m'as éloigné de toi! Tu les as laissés voler mon enfance et ruiner ma vie!

Mon père, alerté par mes hurlements de rage et les pleurs de ma mère, est apparu dans le cadre de la porte et m'a demandé de me calmer.

— *Ekoni!*

Je n'ai pas arrêté. Je me suis retourné vers lui et, les yeux injectés de sang, j'ai craché:

— Et toi? Où étais-tu quand j'avais besoin de toi? Tu m'as abandonné à cette harpie sans rien dire!

Fou de rage, je me suis jeté sur lui pour le rouer de coups.

Nous avons roulé dans l'herbe, nos membres emmêlés. Je frappais aveuglément toutes les parties de son corps. Du genou, du poing, de la tête. Je pleurais et je criais comme un animal. J'arrachais ses cheveux chargés de copeaux de bois blanc, je lui lacérais le visage. Puis, tout s'est arrêté. Plus massif et plus fort, il s'est tout à coup retrouvé au-dessus de moi et tenait mes poignets enserrés dans ses mains puissantes et rudes.

— Calme-toi, mon fils. Après, nous pourrons parler.

Sa voix était autoritaire et douce à la fois.

Dans mon aveuglement, je ne l'ai pas entendue.

— Ne m'appelle plus jamais ton fils, tu n'es pas mon père!

C'est tout ce que j'ai trouvé à lui répondre.

Mes paroles l'ont blessé, je l'ai vu dans son regard. Son visage s'est empourpré et ses yeux se sont chargés de larmes. Sa bouche s'est mise à trembler, jamais je ne l'avais vu comme ça. Nous sommes restés immobiles à nous dévisager un moment. Qui m'a paru une éternité. Nous cherchions, dans le vide qui nous séparait, quelque chose qui nous unisse, un lien qui aurait pu faire sonner creux les mots méchants que je venais de prononcer. Nous n'avons trouvé que le néant.

Il a fini par relâcher son étreinte et, brusquement, il s'est levé. Il a tourné la tête en direction du presbytère et a soufflé un grand coup. On aurait dit un orignal prêt à charger un rival.

Ma mère, qui n'avait rien manqué de notre altercation, se tenait dans la porte de la maison. Quand elle l'a vu qui se retournait, elle a murmuré :

— *Akawir nite tota*[14]...

Mais c'était trop tard.

Déjà il courait en direction de la maison du curé Beauchemin.

Pour ma part, je me suis relevé et je suis allé me réfugier au bord du lac où, sur la grosse pierre qui avait réuni tant de fois Cotoro et Pirecic, j'ai pleuré toutes les larmes de mon corps.

Les coups que mon père assénait à la porte du curé ont alerté le village. Il avait beau frapper, l'homme demeurait terré et n'osait pas ouvrir. Enragé, mon père refusait d'abandonner. À ses coups de poing se sont ajoutés des coups de pied et d'épaule. Si bien que la porte a fini par céder. Sans attendre, il a pénétré dans la maison pour en ressortir, quelques instants plus tard, précédé

14. Ne le fais pas...

du curé, qui implorait d'être épargné. Mais mon père n'en avait cure et tout le village a assisté, stupéfait, au passage à tabac de l'homme d'Église. Il frappait du pied et du poing en criant:

— Rendez-moi mon fils!

* * *

Quelques jours plus tard, je repartais pour le pensionnat. Mon bagage était prêt, il ne restait plus qu'à le charger dans le canot.

L'altercation avec le curé avait troublé la communauté. Un silence de mort s'était emparé du village. On retenait les enfants, on ne sortait plus. Tous redoutaient la réplique du pasteur. Et elle est venue dans le vrombissement du moteur d'un Beaver qui s'est posé sur le lac. Le prêtre s'est précipité pour accueillir sur le quai les agents de la police provinciale venus arrêter son agresseur. Ils se sont dirigés d'un pas sûr vers le cabanon. Là, le curé a pointé la porte du doigt. Les deux agents se sont introduits à l'intérieur et en sont ressortis avec mon père, tête basse et mains menottées derrière le dos.

À cette époque, on ne s'attaquait pas à l'Église…

Je n'ai rien fait pour les en empêcher.

On a fait monter mon père dans l'hydravion. Le pilote, qui n'avait pas jugé bon de couper le moteur, a remis les gaz et l'appareil a disparu derrière les montagnes.

Ma mère est demeurée à la maison. Un de ses frères m'a transporté à la plage où j'ai pris l'autobus.

* * *

Le voyage a été long. J'avais l'impression de passer du golfe du Mexique au pôle Nord. Je comptais les épinettes et les ruisseaux qui défilaient derrière la fenêtre empoussiérée et je désignais du doigt chaque endroit où je me rappelais m'être débarrassé des oiseaux sculptés que m'avait remis mon père chaque année.

Ma poche était vide – bien trop vide ! – et moi aussi.

* * *

— Mais pourquoi je m'appelle Niska ?

— Patiente un peu, j'y arrive.

— Elle est longue, ton histoire, *nimocom*.

— Je sais, mais c'est important que tu l'entendes jusqu'au bout.

* * *

Depuis l'automne, je trainais une lourde mélancolie. Je n'arrivais pas à chasser le souvenir de mon altercation avec mon père. Je revoyais ma mère en pleurs, puis l'arrestation. Je portais ma tristesse comme un manteau de plomb.

Puis, il y a eu ce soir en salle d'étude.

Comme j'étais désormais l'un des plus vieux élèves de l'établissement, on m'avait accordé le privilège de choisir ma place. Je m'étais installé à un pupitre près d'une fenêtre, ainsi je pouvais, de temps à autre, jeter un œil sur la cour et y voir miroiter les paillettes dorées suspendues aux arbres de cette fin de septembre. Parfois, j'entrouvrais la fenêtre pour humer le parfum de l'automne. Jour après jour, je voyais le vent emporter les feuilles et les soulever dans des tourbillons multicolores.

Et je me demandais ce qu'il advenait de mes parents.

C'était ma dernière année au pensionnat. Après, je serais libre de rentrer chez moi ou de signer la carte d'émancipation, qui me permettrait de devenir un honorable citoyen canadien et d'aller à l'université, ce qu'on interdisait aux Amérindiens comme moi.

Je m'éloigne une fois de plus du sujet, pardonne-moi.

Ce soir-là, je me trouvais à la salle d'étude. Dehors, il faisait frais. J'avais entrouvert la fenêtre et je m'affairais à un devoir de mathématiques. J'écoutais le vent siffler doucement sa mélodie d'automne quand j'ai entendu le crescendo lointain des oies sauvages. Leur musique s'est immiscée dans ma tête et, du tréfonds de mon être se sont élevées des odeurs de mousse et de sapin, des rires joyeux, des chansons d'enfant. Je revoyais ma mère et les sourires maternels qu'elle m'adressait autrefois, les balades avec Cotoro et Isidore, les animaux en bois sculptés à coup d'amour et de patience avec lesquels j'avais joué pendant des heures, des jours, des semaines. Tous ces souvenirs sont brusquement venus combler le trou laissé par ceux que je n'avais pas eu la chance de vivre.

J'ai déposé mon crayon et j'ai ouvert la fenêtre un peu plus. Les cris augmentaient et, avec eux, ma joie enfouie. Je me suis levé et j'ai repoussé ma chaise. J'ai passé la tête par la fenêtre et j'ai scruté le ciel à la recherche du grand V.

Dans la salle, mon comportement soudain a semé l'émoi. Chacun se demandait la raison de mon excitation, si bien que sœur Anne, qui était de surveillance, m'a interpelé pour me ramener à l'ordre.

Quand elle m'a demandé quelle était la raison de mes agissements étranges, je me suis retourné et, les yeux pleins de larmes, j'ai déclaré :

— Dans le ciel, il y a des outardes ! Elles rentrent chez elles, elles connaissent le chemin !

La religieuse, peut-être émue de me voir soudain si heureux, s'est mise à rire et a invité les autres garçons à s'avancer aux fenêtres et à faire comme moi. Et c'était beau de nous voir tous, teint d'ambre et cheveux de jais au vent, adressant dans l'air des « a-honks » maladroits.

Et, malgré nos fausses notes, le ciel tout entier nous répondait.

Ça peut te sembler ridicule, mais à cet instant, j'avais la certitude que mon père, où qu'il soit et quoi qu'il fasse, à ce moment précis, entendait les mêmes oiseaux que moi et, comme moi, levait les yeux au ciel pour saluer leur passage.

Ma poche était vide, je n'avais pas d'oiseau de bois, il n'avait pas eu l'occasion de me le donner. S'il l'avait fait, l'aurais-je conservé ?

J'ai fouillé sur ma table, je devais faire quelque chose pour saisir ce moment.

Mais quoi ? Frénétiquement, sans trop réfléchir ni comprendre pourquoi, j'ai saisi mon crayon de bois, j'ai retourné ma feuille de calculs et, en quelques traits, j'ai grossièrement tracé l'image de *niska*[15], cou tendu, ailes déployées.

À partir de cet instant, chaque jour jusqu'au printemps, j'ai refait ce dessin.

* * *

Le froid s'est installé et l'hiver a suivi son cours. Les garçons jouaient au hockey et moi, je dessinais des oies. En salle d'étude, au réfectoire, assis sur mon lit, je traçais, j'estompais des lignes et des ombrages. À chaque trait de crayon, j'avais l'impression de parcourir avec elles le chemin qui me reliait à la maison.

Mon art se raffinait. Mes oiseaux devenaient précis, quasiment réels, si bien que, parfois, j'avais presque l'impression d'entendre leurs rémiges vibrer dans le vent.

Je rassemblais les feuilles dans une

15. Bernache du Canada.

grande chemise en carton. J'en avais des dizaines. Je dessinais frénétiquement ces oiseaux, comme pour tenir cette promesse que j'avais faite un matin de mai sur une ile perdue au cœur d'un lac du *kitaskino*.

Un jour où je regardais l'hiver glisser goutte à goutte à la pointe d'un glaçon, sœur Anne s'est approchée de moi et m'a tendu une enveloppe blanche aux coins écornés.

Dessus, il y avait mon nom.

J'avais reçu du courrier. Une lettre de la ville. Intrigué, je me suis empressé de la lire.

La religieuse était demeurée près de moi dans l'espoir, j'imagine, de partager un moment de joie. Mais elle n'a pu que constater, à voir l'expression sur mon visage qui se décomposait, que les nouvelles contenues dans la missive n'étaient pas bonnes : mon père avait été admis à l'hôpital et son état était des plus préoccupants. Ma mère s'était rendue à son chevet et veillait sur lui. Les deux avaient formulé, à une infirmière qui avait écrit pour eux, le souhait que je vienne les rejoindre.

La nouvelle a ému le directeur et il m'a autorisé à m'absenter quelques jours. Je me suis donc dirigé avec ma valise au terminus de la ville pour y prendre l'autocar. Quatre ou cinq heures plus tard, rendu à destination, j'ai marché jusqu'à l'hôpital, où des religieuses vêtues de blanc m'ont accueilli et m'ont guidé jusqu'à la chambre où m'attendaient mes parents.

Lorsque je suis arrivé, ils étaient là. Ma mère était assise sur une chaise droite et brodait en silence un bout de tissu qu'elle tenait entre les doigts. Sur la table de chevet à côté d'elle était déposée une pelote de fil coloré où étaient plantées des dizaines d'aiguilles et d'épingles droites. Mon père, le teint blafard, était assoupi et je devinais son corps massif sous le drap blanc qui le recouvrait. Je suis demeuré là à les observer en silence.

La chambre était tout entière peinte de blanc. Les rideaux aux fenêtres étaient tirés et une lumière vive et pure nimbait la pièce. Il y avait plusieurs lits alignés de part et d'autre; on aurait dit le dortoir. Au-dessus de chacun des lits était fixé, à même le plafond, un rail circulaire retenant un rideau lourd, blanc lui aussi. Je n'en ai pas la certitude, mais je ne me souviens d'aucun autre patient dans cette pièce. Il n'y avait là que mes parents.

Quand elle a fini par me voir, planté comme un piquet dans le cadre de la porte avec mon veston sombre et ma cravate nouée autour du cou, ma mère s'est jetée dans mes bras. Pour la première fois, je la découvrais toute petite. J'étais devenu un homme, mais je ne m'étais pas vu grandir. Je ne gardais, comme souvenir de nos étreintes, que celles que nous nous étions faites sur la plage. Et aujourd'hui, c'était elle qui pleurait dans mes bras, fragile.

Mon père dormait, paisible sous les draps. La peau quelque peu bouffie de son visage avait estompé ses rides, si bien qu'on l'aurait cru rajeuni. Ses cheveux avaient été coupés, ça lui donnait un air que je ne lui avais jamais connu. Mais c'était lui. Entier.

Ma mère m'a entrainé dans le corridor et m'a raconté qu'on était venue la chercher parce que son mari, mal en point, avait été transféré de sa cellule, au poste de la police provinciale, à l'hôpital. Depuis son arrestation, son état n'avait cessé de se détériorer et on craignait désormais pour sa vie. Ses bras étaient couverts d'ecchymoses et quelque chose dans son système digestif ne fonctionnait plus à force d'avoir reçu des coups.

— Tu as vu comme son teint est jaune, m'a-t-elle dit.

À cette époque, la police ne faisait pas dans la dentelle. Les choses ont changé en mieux, mais elles étaient comme ça avant.

Nous sommes retournés dans la chambre. Il y avait une chaise en bois de part et d'autre du lit blanc de mon père. Lui, habitué aux grandes forêts d'épinettes et de mélèzes, aux tourbières infinies et aux ruisseaux entravés de barrages de castors, il se trouvait là, seule tache de couleur sur une page blanche.

Nous avons discuté de choses et d'autres, pas de nous. Il était question de pluie et de temps ensoleillé, mais nous ne savions trop que dire, nous avions appris à nous oublier.

Elle m'a posé la question qu'elle me posait chaque fois que nous nous retrouvions :

— Alors ? Qu'est-ce que tu as appris de nouveau cette année ?

Je me suis assis sur une chaise et j'ai posé ma valise sur mes genoux. D'une pression du pouce, j'ai ouvert les loquets, puis le couvercle, avant d'en tirer la chemise cartonnée renfermant mes images. Sans dire un mot, une à une, je lui ai montré les bernaches que j'avais dessinées. Elle s'est assise auprès de moi pour les regarder.

Son regard s'est illuminé. Elle a promené un œil brillant des dessins jusqu'à moi et de moi jusqu'à eux. Puis, ses prunelles luisantes se sont posées sur mon visage.

Un soupir d'incrédulité s'est échappé d'entre ses lèvres et elle a murmuré, comme frappée d'une révélation :

— Pirecic…

Elle m'a regardé ainsi quelques instants et, sans ajouter un mot, elle s'est levée et a tiré le rideau autour de nous. Nous nous trouvions du coup tous les trois encerclés d'une muraille blanche, souple et lumineuse ondulant dans l'air. Elle s'est emparée de mes outardes dessinées et les a fixées une à une, à l'aide des épingles qu'elle tirait de sa pelote, au tissu qui nous entourait. Quand il a fini par ouvrir les yeux et qu'il m'a aperçu, mon père s'est découvert avec nous au cœur d'un voilier d'outardes tracées au crayon en teintes de gris. Il a forcé un sourire. Il a regardé ma mère, puis mes dessins. Un à un, il les a observés avec toute l'attention dont il était capable. Puis, il a saisi le poignet de sa femme et lui a dit :

— *Ki wapiten ka ititan kata pe takocin*[16] !

Ma mère a posé sa main sur son épaule et lui a souri à son tour.

16. Tu vois, je t'avais dit qu'il reviendrait !

— *Enko naha ni kiskeriten*[17].

Oui, j'étais là.

— Approche-toi, Pirecic. Je voudrais te dire quelque chose avant de partir.

Je me suis penché vers lui. Mon cœur était renversé par ces trois mots : avant de partir. Il était donc si proche de la mort, si conscient de sa fin ?

— Je te demande pardon, Pirecic.

— Tu n'as rien à te reprocher, papa.

— Au contraire. Je ne t'aurai jamais enseigné à chasser. Ni à trapper le castor. J'ai permis qu'on t'éloigne de nous, ta famille, sans me demander ce qui était véritablement bon pour toi. Et quand j'ai vu le mal que ça te faisait, je n'ai rien fait pour changer la situation. Rien.

— Ne te blâme pas, papa. Ni maman d'ailleurs. C'est le monde qui est cruel. Vous avez fait ce que vous croyiez juste, vous pensiez agir pour le mieux. Après, il était trop tard. J'aurais fait la même chose. Ce n'est pas votre faute. Je sais que vous ne m'avez jamais voulu de mal.

---

17. Il est là, je sais.

Il a eu une quinte de toux profonde et rude. Je lui ai servi un verre d'eau. Après avoir pris quelques gorgées, il a ouvert le tiroir de sa table de chevet et en a tiré une clé. Il me l'a remise.

— *Otapina kir ni nihe otei*[18].

Il a toussé encore. Il a posé sa main sur la mienne et a souri :

— Je savais que tu reviendrais.

J'ai souri à mon tour.

— Je l'avais promis, papa. Ça aura juste pris du temps...

* * *

Il a toussé encore et encore d'une toux qui n'en finissait plus, ce qui a alerté les infirmières. Elles ont été trois ou quatre à accourir et à tirer le rideau.

— Allez chercher le docteur, vite !

On nous a amenés à l'écart, à l'extérieur de la salle commune, ma mère et moi. Derrière la lourde porte qu'ils avaient fermée, nous entendions le médecin donner des consignes et les infirmières s'affairer.

18. Prends-la, elle est pour toi.

Puis, ce fut le silence. Simplement.

Quand la porte s'est enfin rouverte, nous avions compris. Nul besoin d'explication. Il s'était envolé.

* * *

Je n'ai plus jamais remis les pieds au pensionnat. Je n'ai pas signé le certificat d'émancipation. Je suis retourné au village, où nous avons inhumé le corps de mon père juste à côté du cimetière. Le curé Beauchemin avait refusé de célébrer une messe en son honneur et lui avait interdit le terrain sacré où il aurait dû connaitre son dernier repos. Malgré l'opposition du pasteur, quelques familles, discrètes, avaient assisté à la cérémonie improvisée que ma mère lui avait organisée. Au fond du trou où il gisait, nous avons déposé sa carabine, des fleurs, quelques aliments et, surtout, son couteau croche.

Après avoir recouvert le corps, nous sommes rentrés à la maison, ma mère et moi.

Elle m'est apparue soudain bien grande, cette petite cabane.

Tout de suite, ma mère s'est mise à la cuisine, mêlant l'eau et la farine dans un grand bol sur la table. Elle avait, au préalable, mis du bois dans le poêle.

Moi, je retournais, dans le creux de ma poche, cette clé qu'il m'avait remise à l'hôpital et dont j'ignorais ce qu'elle ouvrait.

En fait, c'est faux. Pour tout dire, je savais précisément à quoi elle servait.

J'ai dit :

— Je reviens.

Et je suis sorti.

J'ai franchi la distance entre la maison et le cabanon comme mon père l'avait fait un milliard de fois. Mais j'ai réalisé que, pour moi, c'était la première. Plus rien ne poussait sur le sol, que des cailloux à fleur de sable marquant le passage répété de ses pas. Devant la porte, je me suis arrêté. J'ai contemplé durant un moment le bois gris aux nervures saillantes usé par les intempéries. Les charnières étaient rouillées et les planches rugueuses, sauf à un endroit près de la poignée où le bois était lisse, résultat d'avoir été touché si souvent par les mains rêches de mon père. Cent fois. Mille fois. Des millions de fois. J'ai pris quelques instants pour caresser du bout des doigts cet espace doux où il avait posé la main chaque jour et je te jure que j'y ai senti la chaleur de sa peau, la peau de ses mains, celles qui, rassurantes, auraient dû se glisser dans les miennes chaque jour de mon enfance et qui, au lieu de ça, se sont contentées de pousser sur les planches de cette porte.

J'ai senti mon cœur se serrer.

J'ai ravalé ma salive.

Il y avait un cadenas verrouillé sur un loquet en fer et une clé dans ma main. J'ignorais tout du contenu de ce cabanon, je n'y avais jamais posé le pied; et pourtant j'avais la certitude que, en en ouvrant la porte, je découvrirais enfin les secrets de cet homme dont on m'avait privé durant la majeure partie de mon enfance et dont j'ignorais tout.

Tout.

Ma vue s'est brouillée et, du revers de la main, j'ai essuyé les larmes qui se formaient au coin de mes yeux. J'ai pris une grande respiration et j'ai glissé la clé dans la serrure.

Le cadenas s'est ouvert.

Derrière moi, le soleil descendait et sa lumière blanche projetait mon ombre contre la porte. J'ai posé la main là où il avait posé tant de fois la sienne et, comme lui, j'ai poussé. L'air s'est engouffré dans la cabane, soulevant un tourbillon de copeaux blancs qui se sont élevés dans l'air. Éclairés par le soleil qui pénétrait la pièce, ils flottaient et tournaient devant moi comme cette neige à gros flocons qu'on voit parfois l'hiver. En suspension entre ciel et terre. Des copeaux, il y en avait partout sur le sol. Il y en avait tant qu'on ne pouvait y marcher sans s'y enfoncer jusqu'aux genoux.

Je suis entré.

L'espace que je découvrais était couvert d'étagères où s'accumulaient des amoncèlements de frisotis de bois blanc et des centaines, des milliers d'animaux sculptés : des bernaches du Canada. Il y en avait partout. Chacune travaillée avec minutie et patience, parfaite dans les moindres détails. Chacune faite pour moi. Dans l'espoir que…

— Dans l'espoir que quoi, *nimocom* ?

Dans l'espoir que je revienne inchangé et parfait comme au jour de mon premier départ.

* * *

Le soleil est désormais absent du ciel. Vénus brille et la lune aussi. Le temps s'est rafraichi.

— Sors de là, maintenant, nous devons rentrer.

La princesse quitte l'eau du lac, dans lequel elle était encore enfoncée jusqu'aux chevilles, et s'assied sur la plage.

— *Nimocom ?*

— Oui, Niska ?

— Qu'est-ce qu'elle est devenue, Cotoro ?

— Que veux-tu dire ?

— Je ne sais pas… Elle est où maintenant ?

— …

— …

— Je l'ignore. Elle est sans doute rentrée chez elle au pays des fées.

— Tu veux dire au pays des princesses ?

— Si tu veux.

— *Nimocom ?*

— Oui, Niska…

— Alors, pourquoi je m'appelle comme ça ?

— Pour que personne n'oublie, mon amour. Pour que jamais ça ne se reproduise, que tu te rappelles qui tu es et que tu demeures la même. Toujours.

Le vieil homme se tait. Son récit l'a épuisé.

Toutes ces questions…

Au loin, les grenouilles et les grillons chantent, il est pourtant si tard pour la saison.

— Je n'arrive pas à remettre mes bas, *nimocom,* et j'ai du sable entre les orteils.

Le grand-père sourit, mais on ne le voit pas. Il s'assoit par terre à son tour pour retirer ses bottes et ses chaussettes, puis il se relève. Il tend une main à la fillette et dit :

— Ce n'est pas grave, Niska. Dépose tes bas au creux de tes bottes. Nous irons pieds nus. Nous marcherons lentement, mais nous irons à deux.

Table des matières